अयांश

AYUSHI KI EK ANOKHI PREM GATHA

लक्ष्मी शर्मा

ISBN 979-888569192-5

क्रम-सूची

<u>लेखक</u>

लक्ष्मी शर्मा

सह-लेखक

सनी और *किरण*

भूमिका

मैं अपने उन सभी दोस्तों को धन्यवाद करना चाहुँगी। जिन्होंने मेरी मदद की है आप तक इस पुस्तक को पहुँचा ने में। अगर इन सभी ने मेरा साथ न दिया होता, तो शायद आज ये पुस्तक आप सब के सामने इतने सुंदर रूप में न आ पाती।

मैं <u>सनी</u> और <u>किरण</u> को खास शुक्रिया करना चाहुँगी। ये दोनों 'मेरी पुस्तक के पहले शब्द को लिखने से लेकर उसको आप सब तक पहुँचाने के सफर तक' मेरे साथ खड़े रहे। जब भी मैं खुद पर शंका कर अंधेरे में जाने लगती, तो ये मेरे मन में आत्मविश्वास का दीया जला मुझे आगे लिखने के लिए प्रेरित करते।

सनी मेरा वो भाई है; जिसने मुझे ये कहानी लिखने की प्रेरणा दी।

और किरण वो है; जिसके साथ मिलकर मैं इसे इतना सुंदर रूप दे पाई।

इसलिए मैं इन सभी को दिल से धन्यवाद करना चाहती हूँ, मेरा साथ देने के लिए।

1

अयांश

एक दिल ने कहा दूसरे दिल से :
तेरा एहसास मुझसे जुड़ा है,
तेरा हर ख्वाब मुझसे जुड़ा है।
जब पास है तू मेरे,
तो फिर उदास क्यों खड़ा है।।

प्यार

क्या होता है ये प्यार? क्या आप सभी जानते हैं ?

मुझे नहीं लगता इससे कोई भी अंभिज्ञ होगा। इस शब्द से हर कोई रूबरू है, पर इसके एहसास से नहीं।

अगर आज की पीढी की बात की जाए, तो वह नहीं जानते, प्यार क्या होता है? प्यार के क्या मायने होते हैं, हमारी ज़िंदगी में? क्या एहसास होता है ' प्यार का ' ? वो बेचारे मासूम बच्चे आकर्षण (attraction) को प्यार समझ लेते हैं। उन्हे कोई पसन्द आ जाए, कोई अच्छा लगने लगे, तो इसी भ्रम में जीने लगते है कि उन्हें प्यार हो गया।और जब उनमें कोई ताल-मेल नहीं बैठता, तो वो अपने प्यार का गला घोट (break up) देते हैं । और ज़िंदगी में आगे बढ़ जाते हैं।

तो क्या इसे ही प्यार कहते हैं ?

नहीं, इसे प्यार नहीं कहते। प्यार तो एक एहसास है। जो एक दिल को दूसरे दिल से जोड़ता है। बिना कुछ कहे वह एक-दूसरे के दिल की बात समझ जाते हैं। प्यार में उन दोनों के बीच अलग ही ताल-मेल बन जाता है, जो उनके रिश्ते को एक अलग ही ऊँचाई पर ले जाता है। प्यार में हम कभी एक-दूसरे को ठेश नहीं पहुँचा सकते और न ही अपने प्रेमी को परेशान और दुःखी देख पाते हैं। जब हमें प्यार होता है, तब हम अपने लिए नहीं, सामने वाले के लिए जीते हैं। उसके लिए ही मरते हैं। हमारी साँसों पर उसका ही नाम लिख जाता है। उसके बिना एक पल भी जीना मुश्किल लगता है।

इसी एहसास का नाम है - *प्यार*

आओ, मैं तुम्हें प्यार से रूबरू कराती हूँ। तुम्हें एक ऐसी कहानी सुनाती हूँ, जिससे तुम्हें प्यार की परिभाषा समझ आएगी। उसकी गहराई का एहसास होगा। प्यार हमारी ज़िंदगी का एक ऐसा अद्भुत फूल है, जो अपनी महक से सिर्फ उस बगीचे को ही सुंदर नहीं बनाता, बल्कि उसके आस -पास से गुजरते हर व्यक्ति के चेहरे पर मुस्कान ला देता है। हमारी आयुषी भी इस फूल की तरह सबकी ज़िंदगी में खुशियाँ भर देती

है । उसे देखते ही सभी के चेहरे पर एक छोटी सी मुस्कान आ जाती है ।वैसे तो आयुषी के बगीचे (ज़िंदगी) में बहुत फूल (लोग) हैं । पर वह फूल कहाँ, जो उसे और उसकी ज़िंदगी को महका सके ?

अक्सर उसके पापा कहा करते थे - "जोड़ियाँ भगवान बनाते हैं। हम कितनी भी दूर रहें, पर हमारा दिल हमें हमेशा जोड़े रखता है। भगवान हमें कभी अलग होने ही नहीं देते और जब हम पास आते हैं, तब हमें एक अलग-सा एहसास होता है।जो सिर्फ हम ही समझ सकते हैं। सारा जहाँ खूबसूरत लगने लगता है। हर तरफ सिर्फ प्यार की ही बारिश होती है।" इसलिए आयुषी अपने उसी हमसफर का पलकें बिछाये इंतजार कर रही है। जो उसकी ज़िंदगी को रंगों से भर सके ।

ओहफो, मैं भी कितनी बुद्धु हुँ न ! मैं कब से आप सब से आयुषी के बारे में बात करे जा रही हूँ। क्या आपके मन में ये सवाल नहीं उठा कि आयुषी कौन है ? क्यों वह पलके बिछाये सिर्फ अपने हमसफर का इंतजार कर रही है ?

तो आईये पहले हम उसे ही जान लेते हैं

<u>(आयुषी की एक अनोखी प्रेम गाथा)</u>

हमारी आयुषी बहुत ही प्यारी और सुंदर है। उसकी आँखों में एक अलग-सा नूर है। जो भी उसे एक बार देख ले, तो बस देखता ही रह जाता है। न जाने उसके पास कौन-सा मोहिनी मंत्र है। जिससे वह सबको अपनी ओर आकर्षित कर लेती है। उसके चेहरे की मुस्कान भी सबका दिल जीत लेती है। इतनी प्यारी है हमारी आयुषी ।

(14 जनवरी, 2016)

हमारी प्यारी आयुषी जो हमेशा हँसती मुस्कुराती रहती थी। एक दिन मैंने उसे बहुत परेशान देखा, क्योंकि वह ज़िंदगी के ऐसे दोराहे पर खड़ी थी । जहाँ उसके लिए कोई भी रास्ता चुनना बेहत मुश्किल था। पहला रास्ता - परिवार के प्रति जो उसका कर्तव्य है, वह याद दिला रहा था। तो दूसरा रास्ता - उसकी मोहब्बत की तरफ ले जा रहा था। वह दोनो में से किसी एक को भी छोड़ नहीं सकती थी। उसके मन में दोनों के लिए ही बहुत प्यार था। देखना ये था, की अब वह क्या करने वाली है? क्या वह अपने परिवार को छोड़ देगी, अपने प्यार (अंश) के लिए? या फिर अंश को ही छोड़ देगी? या वह कोई तीसरा रास्ता लेगी? क्या उसे कोई तीसरा रास्ता मिलेगा ? इन सभी सवालों के जवाब मुझे सिर्फ आयुषी से ही मिल सकते थे। इसलिए मैंने जाके सीधा उससे उसकी परेशानी का कारण पूछ लिया।

उसने कहा-

आयुषी- हाँ, मैं आज बहुत परेशान हूँ। मेरी परेशानी इतनी भी छोटी नहीं कि आप उसे बहुत आसानी से समझ सकें। उसके लिए आपको मुझे जानना पड़ेगा। और मुझे जानने के लिए आपको मेरी पूरी कहानी सुननी पड़ेगी। क्या आप सुन पाएंगे?

मेरा एक हँसता खिलखिलाता परिवार था। दादा-दादी, चाचा-चाची, पापा-मम्मी; सब थे मेरे परिवार में। बस कमी थी, तो एक बच्चे की। जो

08/08/1990 में मेरे आने से पूरी हो गई। सब मुझे देख कर खु:शी से झूमने लगे थे। मुझे देख मेरी दादी ने कहा- "अरे!मेरे घर तो लक्ष्मी आई है"। सबके चेहरे पर एक अलग सी खु:शी थी। जिसकी कल्पना भी नहीं की जा सकती।

सब मेरे साथ खेलते रहते थे। और देखते-ही-देखते मैं सबकी आँखों का तारा बन गई। समय के पहिए ने भी रफ़्तार पकड़ ली और कब 10 साल निकल गए पता भी नहीं चला। और फिर आया, वो बेरहम दिन (8/8/2000), मेरा जन्मदिन, जब मैंने अपना सब कुछ खो दिया। वह दिन जिसे मैं याद भी नहीं करना चाहती। इस दिन मेरे घर में सिलेंडर ब्लास्ट होने की वजह से आग लग गई थी और मैंने अपना पूरा परिवार खो दिया था। वह परिवार जिनकी आँखों का तारा थी मैं। जो मुझे हमेशा एक फूल की तरह संभाल कर रखते थे। मुझ पर कभी कोई आँच न आए, इस बात का भी ख्याल रखते थे। ऐसे परिवार को मैंने कुछ ही पलों में खो दिया। मैं कभी भी खुद को किसी राजकुमारी से कम नहीं समझती थी, क्योंकि मेरे पास सब था- बहुत सारा प्यार करने वाला परिवार, मेरी एक सबसे अच्छी दोस्त "राधिका" जिसे मैं अपनी बहन की तरह प्यार करती थी। मेरे मन में कोई विचार आए, उससे पहले ही वह पुरा हो जाता था। ऐसा था मेरा परिवार।

मैं जो आज आपके सामने ज़िंदा खड़ी हूँ, वह सिर्फ इसलिए क्योंकि उस रात मैं राधिका के घर उसे जन्मदिन में बुलाने के लिए गई थी। पर मुझे ये एहसास न था कि कुछ क्षण बाद मैं अपना सब कुछ खो दूँगी। जब मैंने धमाके के बाद अपने घर की इतनी बुरी हालत देखी, तो मैं डर गई और रोने लगी। उस रात मैं बिल्कुल अकेली हो गई थी। मुझे अपना कहने वाला भी कोई नहीं था। कि तभी मुझे रोता देख राधिका ने मेरा हाथ थामा और मुझे गले से लगा लिया। मुझे तो कुछ समझ ही नहीं आ रहा था कि आखिर क्या हुआ है मेरे साथ। मैं तो बस रोए जा रही थी। माँ-माँ चिल्ला रही थी। कि तभी मुझे राधिका की मम्मी ने संभाला। वह मुझे हँसाना चाहती थी, मुझे चुप कराना चाहती थी, लेकिन मैं तो बस रोए जा रही थी क्योंकि मुझे मेरी माँ से मिलना था। वह मुझे वहाँ से लेजाना भी चाहती थी, पर मैं कहीं नहीं गई। मैंने तो बस एक ही रट लगा रखी

थी- "मुझे मम्मी से मिलना है, मुझे मम्मी से मिलना है"। उन्होंने बड़ी मुश्किल से मुझे उस दिन संभाला।

मैं आज भी वह भयानक मंजर भूली नहीं । जब मेरा हँसता-खेलता परिवार कुछ ही क्षणों में चंद टुकड़ो में बिखर कर रह गया । मेरे परिवार के बचे हुए अंश मेरे सामने से लेके जा रहे थे । मैंने ये सब अपनी इन्हीं नन्हीं-सी आँखों से देखा था। आज भी उस दिन के बारे में सोचते ही मेरी रूह कॉप जाती है । इसलिए मैंने अपना जन्मदिन भी मनाना छोड़ दिया था। ये दिन मेरी ज़िंदगी का सबसे बुरा दिन बन चुका था। मैं कभी उस दिन को याद भी करना नहीं चाहती।

उसके बाद से मैं राधिका के साथ अमेरिका में ही रहने लगी। उस दिन के बाद राधिका की मम्मी (जो अब मेरी भी माँ हैं) ने ही मेरा ख्याल रखा। मुझे हमेशा अपनी बेटी जैसा प्यार दिया। मैं तो बहुत खुशनसीब हूँ कि भगवान ने मेरे लिए एक और परिवार पहले से ही चुनके रखा था। माँ मेरा बहुत ख्याल रखती है। मुझे कभी किसी चीज की कमी नहीं होने देती। उन्होंने मुझे उस वक्त में संभाला, जब मुझे सबसे ज्यादा जरूरत थी। उन्होंने मेरे दिल और दिमाग से उस दर्दनाक घटना को भी निकालने की पूरी कोशिश की। इसके लिए उन्होंने मेरी ज़िंदगी खुशियों से भर दी। मैं आज जो भी हूँ, सिर्फ उनकी वजह से हूँ। अगर मुझे मौका मिलता है उनके लिए कुछ करने का, तो मैं कभी पीछे नहीं हटूंगी।

अरे! अब बस भी करती हूँ। कुछ ज्यादा ही भावुक कर दिया मैंने अपको।

ये तो थी मेरी दुःख भरी ज़िंदगी। आइये अब आपको अपनी प्यार भरी ज़िंदगी से रूबरू कराती हूँ। और उसके लिए मैं आपको एक कहानी सुनाती हूँ। मेरी और मेरे प्यारे अंश की कहानी।

मेरी ये प्यार भरी कहानी ऐसे दो दिलों की है, जो हमेशा एक- दूसरे के लिये ही धड़कते हैं। हम पास रहें, न रहें , पर हमारा दिल हमें हमेशा जोड़े रखता है। यदि एक को तकलीफ हो, तो दर्द दूसरे को होता है। ये दो दिल एक-दूसरे से कुछ इस कदर जुड़े हैं कि मौत भी इन्हे अलग नहीं कर सकती। ये कहानी मेरे उस प्यार की है; जो मेरे लिए कोहिनूर से भी ज्यादा अनमोल है। ये कहानी *अयांश (आयुषी+ अंश)* की है।

आप अंश के बारे में जानें, उससे पहले मैं आपको हमारे प्यार की गहराई बताना चाहती हूँ और ये भी कि वह मुझसे दूर कभी था ही नहीं। उसने मेरा हाथ तो उसी वक्त थाम लिया, जब मेरे परिवार ने छोड़ दिया था। जब मैं अपना सब कुछ खो चुकी थी। तब मेरे सपनों ने मुझे जीने की राह दिखाई। उनमें मुझे कोई अपना नजर आता था। जो हर वक्त मेरे आस-पास रहता था।

जानती नहीं कौन है, दिखता कैसा है,

पर सपनों में मेरे वह आता है।

जानती नहीं पर एहसास प्यार जैसा है,

उसका होना लफ्जों पर झलक जाता है।।

सोचती रहती हूँ मिलूंगी उनसे,

कभी सपनों की दुनिया से बाहर।

पर कब आएगा वह दिन,

जब मुझसे रूबरू होगा मेरा प्यार।।

जानती नहीं कौन है, दिखता कैसा है,

पर हाँ भरोसा है, एक दिनआएगा मेरा राजकुमार।

मैं सपने में भी माँ - पापा को याद करके रोती ,और वह आकर मेरे आँसू पोंछ दिया करता। मैं उसे जानती भी न थी और न ही कभी उसे देखा। हद तो यहाँ हो गयी कि मैं उसे सपनें मे भी नहीं देख पाई, क्योंकि उसके चेहरे पर नकाब था। मैंने बस उसकी आँखें देखी हैं। उसका वह हाथ देखा है, जिससे वह मेरे आँसू पोंछा करता था। उसकी आँखों में मेरे लिए बहुत सारा प्यार देखा है। मुझे रोता देख उसे दुःखी और परेशान देखा है। मैं उन दिनों बस उसके बारे में ही सोचती रहती थी। उसके ख्यालों मे ही खोने लगी थी। देखते-ही-देखते उसने मेरे मन का दुःख मानो जैसे ख़त्म ही कर दिया था। ऐसा लगता था मानो कोई मेरे सपनों के सहारे मुझसे बात करना चाहता हो।

वह बस मेरे चेहरे की मुस्कान देखने आता था। मुझसे बात करता। मुझे हसाता। और फिर चला जाता। लेकिन जाने से पहले मुझे गुलाबी रंग के गुलाब (pink rose) देके जाता और बोलता -

"जिस तरह इसकी महक लम्बे समय तक रहती है, वैसे ही तुम्हारी भी रहनी चाहिए। ये मुस्कान कभी ख़त्म न होने पाए।जिस दिन तुम्हारी ये मुस्कान मुझे देखने को नहीं मिलेगी, वह दिन हमारी मुलाकात का आखिरी दिन होगा। और जिस दिन ये मुस्कान तुम्हारी पहचान बन जाएगी, उस दिन के बाद हमारी मुलाकात बहुत जल्द हो जाएगी। फिर हमें कोई अलग नहीं कर पाएगा।"

उसकी इसी बात को सुनकर मैं अपनी ज़िन्दगी में फिरसे हँसने लगी थी। सबके साथ मुस्कुराके बात करने लगी थी। ये सोचकर कि कहीं मेरे सपनें वाला इंसान मेरे सामने न आ जाए। और मुझे उदास देख मुझसे दूर न चला जाए। पता नहीं क्यों ? पर दिल में एक अटूट विश्वास था कि वह मुझसे मिलने ज़रूर आएगा। वह सपना ज़रूर सच होगा। और फिर देखते-ही-देखते हँसना-मुस्कुराना मेरी आदत बन गई। मुझे आज भी याद है उसने कहा था कि उसकी मुझसे पहली मुलाकात उसी खूबसूरत गुलाब के साथ होगी। वह अपने साथ वही गुलाब लेकर आएगा, जो वह मुझे सपनें में दिया करता था। मेरे दिल-दिमाग में वह गुलाब बस गया था। वह उस लड़के की तरह ही बहुत प्यारा था। उसकी महक, उसकी कलियाँ, सब अद्भुत थी। ऐसा लग रहा था मानो सिर्फ मेरे लिए ही किसी अलग-ही दुनिया से लाया गया हो। वह बहुत ही मन-मोहक फूल था। उसे देखकर मुझे बहुत सुकून मिलता था। और उसकी महक से मेरा अशांत मन भी शांत हो जाता था। उस फूल और उसे देने वाले, दोनों में ही, एक अलग-सा जादू था, जिसके कारण उन्होनें मेरी ज़िंदगी खुशियों से महका दी थी। मुझे पता है आपको मेरी इस बात पर विश्वास नहीं हुआ होगा। पर मुझे पूरा विश्वास था। वह एक दिन मुझे ज़रूर मिलेगा और वो भी उसी गुलाब के साथ। जैसा उसने मुझे सपनें में बताया था।

मैं आज पूरे यकीन के साथ बोल सकती हूँ। वह लड़का और कोई नहीं बल्कि मेरा अंश ही था। क्योंकि वही है मेरा हमसफ़र। मेरा वह साथी जिसके बारे में पापा अक्सर बताया करते थे। हम दोनों भी दिल से जुड़े हैं। या मैं यूँ कहूँ कि उसका दिल धड़कता है तो साँस मेरी चलती है और मेरा दिल धड़कता तो साँस उसकी चलती है।

हम दोनों के बीच इतना प्यार है कि मेरे कुछ न बोलने पर भी वह सब

समझ जाता है। उसके बारे में कुछ भी कहूँ, कम ही होगा। पर फिर भी में कोशिश करती हूँ।

"प्यार के मामले में वह मुझसे आगे निकल गया,

न जाने कब वह मेरे जीवन का एक अद्भुत हिस्सा बन गया।

मैं करती रही जिसका वर्षों से इंतजार,

वह तो मेरे साथ ही रहा, और पता नहीं कब मेरा अपना बन गया"।।

मुझे उसके साथ कुछ ऐसा जुड़ाव महसूस होता है, जो मैंने कभी किसी और के साथ महसूस नहीं किया, सिवाए उस सपने वाले लड़के के। जब वह लड़का मेरे सपने में आता था। तब जो मैं उसके लिए महसूस करती, जितना प्यार उससे करने लगी थी, उतना ही प्यार और वही एहसास मुझे अंश के लिए भी होता है। जिस तरह उस लड़के के दूर जाने की बात से मैं दुःखी हो जाती थी और भगवान से बस यही प्रार्थना करती कि कभी सुबह हो ही न और मेरी निन्द कभी टूटे ही न। ठीक वैसे ही मैं अंश के बिना भी नहीं रह सकती। उससे दूर जाने के एहसास से ही मानो मेरा दिल रोने लगता है। मैं नहीं जानती कि कब मैं उसके इतने करीब आ गई। मैं तो भारत पापा के कहने पर गई थी। उनकी ज़िम्मेदारी अपने कांधों पर लेने गई थी।और उसी बीच, न जाने, कब मैं अपना दिल अंश को दे बेठी।

मैंने 25 साल की उम्र में अपनी पढ़ाई पूरी कर ली थी। फिर पापा (राधिका के पापा) ने मुझे उनके व्यापार में हाथ बटाने को कहा। राधिका को इन सब में कोई रूची नहीं थी। इसलिए मुझे ही उनकी मदद करनी पडी। उनका परफ्यूम का व्यापार था, जो दुनिया भर में फेला हुआ था। उसकी एक शाखा भारत में भी थी। जिसका नाम उन्होंने मेरे नाम पर ही रखा था - "AP Company" (आयुषी परफ्यूम कंपनी)। इसलिए मैंने भी वहाँ की देख रेख का भार संभालना पसंद किया। एक वजह ये भी थी कि कहीं-न-कहीं मेरे मन में ये विश्वास था कि मेरे सपनों का राजकुमार मुझे भारत में ही मिल सकता है। ये सब जानने के बाद, पापा ने मुझे वहाँ का CEO बनाने का सोच लिया।

उसके बाद पापा के साथ में हिन्दूस्तान आने की तैयारी करने लगी। पापा मेरे साथ भारत इसलिए आना चाहते थे, ताकि वह AP कम्पनी

की बागडोर मुझे सौंप सकें। और औपचारिक रूप से सभी के सामने मुझे CEO बना सकें।

पैकिंग करते समय मैंने पापा को थोड़ा चिंतित देखा। वह थोड़ा परेशान थे। मैंने उनसे जाके उनकी इस परेशानी की वजह पूछी, तो वह बोलने लगे -" मै तुम्हारे लिए परेशान हूँ। तुमने व्यापार कभी नहीं संभाला और न ही हमसे दूर रही हो। अब ये सब अकेले कैसे करोगी? वैसे तो मैं हमेशा तुम्हारे साथ हूँ। पर इंडिया में ,मैं तुम्हारे पास नहीं रहूँगा। तुम कैसे सब कुछ संभाल पाओगी? बस यही ख्याल मुझे डरा रहा है। वहाँ तुम्हारा कोई नहीं होगा। पता नहीं कैसे रह पाओगी।

मैंने राधिका से भी बात की तुम्हारे साथ जाने के लिए। पर उसके पास भी समय नहीं है। इसलिए वह भी नहीं जा सकती। मैं तुम्हारे साथ बस कुछ दिन ही रह पाऊँगा क्योंकि मेरा यहाँ होना बहुत जरूरी है। मुझे बाकी का कारोबार भी तो संभालना है। कुछ समझ नहीं आ रहा क्या करूं?"

पापा की ये बातें सुनकर एक बार को तो मैं भी डर गयी थी। मेरे भी मन में यही ख्याल आने लगा था कि मैं अकेले कैसे रहूँगी? कैसे सब कुछ संभाल पाऊँगी? मेरे लिए तो ये सब नया है। मैं तो सच में अभी व्यापार के बारे में कुछ भी नहीं जानती।

पर अपने डर को छिपाकर , मैंने पापा को यह कहकर विश्वास दिलाया - "मैं आपकी बेटी हूँ। जब आप अकेले-ही इतनी ऊँचाइयों तक पहुँच गए हो तो "मैं क्यों नहीं?" आप चिंता न करें पापा। मैं सब संभाल लूँगी। आपकी गर्दन कभी झुकने नहीं दूँगी।

ये सब सुनकर उनके चेहरे पर थोड़ी मुस्कान आई जरूर थी , पर उनकी चिंता नहीं मिटी थी।

पापा को ऐसे देख कर मुझे अच्छा नहीं लग रहा था। मैं उन्हें एक बार पुनः समझाते हुए कहने लगी कि अगर मैं आपकी बेटी नहीं बेटा होती तो क्या करते आप? क्या इसी तरह बस डरते रहते? या मुझे अपने पैरों पर खड़ा होने में मदद करते।

मेरी ये बात पता नहीं उनके कितनी समझ आई, पर ये सब सुनकर उन्हें कुछ याद जरूर आ गया था।

अबकी बार, वह दिल से मुस्कुराए और बोले,"मैं अंश को कैसे भूल गया, वो सिखाएगा तुम्हें सब कुछ । वह बनेगा तुम्हारा "पर्सनल सेक्रेटरी"। अब मैं तुम्हारी चिंता से मुक्त हुआ , अब मैं बहुत अच्छा महसूस कर रहा हूँ।"

पापा के इस वर्ताव ने मुझे आश्चर्यचकित कर दिया। मैं सोच में पड़ गयी " आखिर कौन है ये अंश" ? जिसके बारे में सोचते ही पापा इतने खु:श हो गए कि उनकी सारी चिंता मिट गई।

मैंने जिज्ञासा पूर्वक पापा से पूछा कि आखिर कौन है ये अंश? इसका हमसे क्या संबंध है ? इसने आपकी सारी चिंता दूर कैसे कर दी?

मेरी जिज्ञासा देखकर पापा एक बार फिरसे हसे और बोले,"बताता हूँ -बताता हूँ ? थोड़ा सब्र करो , मैं तुम्हें आराम से बताऊंगा, अंश को कुछ शब्दों मे बयाँ नहीं किया जा सकता। इसलिए मैं तुम्हें रास्ते में उसके बारे में बताता हुआ जाऊंगा,और अगर मैं अभी बताने बैठ गया तो फ्लाइट ही छूट जाएगी। अब तुम ही निर्णय करो। तुम्हें अभी सुनके फ्लाइट छोड़नी है। या रास्ते में सुनके उससे मिलना भी है।

मेरे लिए उनकी खु:शी से कीमती कुछ नहीं था। इसलिए मैं और कुछ न पूछते हुए पुनः अपनी पैकिंग में व्यस्त हो गई। पर तब भी मैं यही सोच रही थी, " आखिर कौन है ये अंश?".

उस दिन मुझे ऐसा लग रहा था जैसे वह नाम मुझे अपनी ओर खींच रहा हो। उस नाम को मैं चाहकर भी भुला नहीं पा रही थी और जब भी उसका नाम लेती मेरे मन में एक अजीब सी हलचल होने लगती थी। मैं बस इंतज़ार कर रही थी कि पापा मुझे अंश के बारे में कब बताएंगे। ये सोचते-सोचते मैं हवाई अड्डे पहुँच गई। वहाँ जहाज़ में बैठने के बाद में बेसबरी से उस वक्त का इंतजार करने लगी, जब पापा मुझे अंश के बारे में बताते।

पापा भी जानते थे कि मैं उनसे कुछ नहीं पूछूँगी। पर वह तो पापा है न। उन्हें पता है कि मेरे मन में क्या चल रहा है, वे चेहरा पढ़ सकते हैं। रास्ते में मुझे इतना बेचैन और उत्सुक देख पापा ने मुझे उसके बारे में बताना शुरु किया।

पापा- अंश, कहने को तो हमारी कंपनी का मैनेजर है, पर मेरे लिए मेरे बेटे जैसा है। वह मेरा भी बहुत सम्मान करता है। वह मुझे अपने पिता की तरह प्यार करता है। उसने हमारी कंपनी के लिए बहुत कुछ किया है। आज हमारी कंपनी इंडिया की टॉप 3 कंपनियों में से एक है। ये सिर्फ़ उसकी वजह से ही संभव हो पाया है। उसकी कड़ी मेहनत और काम के प्रति उसकी लगन, उसे इतना होनहार बनाते है। मैं गर्व से कहता हूँ कि वह मेरी कम्पनी का मैनेजर है। वह है, तो मेरी कम्पनी है। वह नहीं, तो कुछ भी नहीं।

आज मैं यहाँ अमेरिका में रहता हूँ। यहीं से सब कुछ देखता रहता हूँ। मुझे कभी इंडिया जाने की जरूरत ही नहीं पड़ी क्योंकि वह खुद ही सब कुछ संभाल लेता है। इतना होनहार है वो।

तुम्हें पता है बेटा! वह इतना होशियार है कि उसने छोटी सी उम्र में बहुत बड़ा मुकाम हाँसिल कर लिया। वह 19 साल का हमारी कंपनी में नौकरी करने के लिए आया था। तब मैंने उसे एक साधारण कर्मचारी की पोस्ट दी थी, पर उसकी लगन, और मेहनत देखकर मैंने उसकी पोस्ट बड़ा दी लेकिन वह उस पर भी खुःश न हुआ और बस मेहनत करता रहा और 5 साल बाद उसने मैनेजर की पोस्ट भी हाँसिल कर ली।

उसका मानना है कि " हमें ज़िन्दगी में आगे बड़ते ही रहना चाहिए, हम कितनी भी ऊँचाइयों पर पहुँच जाए। पर फिर भी और ऊपर जाने की चाह रखनी चाहिए। क्योंकि जब तक हम सोचेंगे नहीं तब तक वह मुकाम हाँसिल कर ही नहीं सकते। पर एक बात हमें कभी नहीं भूलनी चाहिए कि हमने शुरुआत कहाँ से की थी। हमें हमसे छोटे लोगों का भी सम्मान करना चाहिए। उन्हें कभी नीचा नहीं दिखाना चाहिए और हो सके जितनी उनकी मदद भी करनी चाहिए। क्योंकि ऊँचाइयों पर पहुँचने का मतलब ये नहीं कि आप उन सीढ़ियों को भूल जाएँ जिनके सहारे आप वहाँ तक पहुँच पाए हैं।"

सोचो बेटा, अभी से जो काम के प्रति इतना समर्पित है। वो आगे जाके क्या करेगा, कहाँ पहुँच सकता है। ऐसे बच्चे जो माँ- बाप को भगवान, अपने घर और ऑफिस को मंदिर, और अपने काम को अपनी पूजा समझते हैं, आज कल कहाँ देखने को मिलते।

अंश देखने में जितना प्यारा और सुंदर है, उतना ही शैतान और सनकी भी (हँसते हुए)। उसके सामने अगर किसी के साथ बत्तमीजी हो रही हो, तो वह सहन नहीं करता और उसे खुद ही सजा देने पहुँच जाता है।

वह बिल्कुल तुम्हारी तरह ही खुशमिजाज है। अपनों के लिए जीता है और उनकी खु:शी में ही अपनी खु:शी ढूँढता है।

इसलिए अब मैं निश्चिंत हूँ क्योंकि वह मेरा कहा कभी नहीं टालता। मैं अगर उससे ये कहूँगा कि वह तुम्हारी कारोबार सीखने में मदद करे। तो वह जरूर करेगा। मेरे ही कहने पर तुम्हारा ख्याल भी रखेगा। वह भी पूरी ईमानदारी से।पूरी इज़्ज़त के साथ। पूरी जिम्मेदारी के साथ। मुझे पूरा विश्वास है वो इसे भी अपना एक फर्ज़ समझ लेगा।

और बाकी तुम उसके साथ रहकर उसे जान ही जाओगी।

आयुषी- पापा , अगर वह इतना ही अच्छा है, तो आप उसे ही CEO क्यों नहीं बना देते। आपकी बातें सुनकर मुझे भी लगता है कि वह मुझसे अच्छा CEO बनकर दिखाएगा।

पापा- नहीं बेटा। हम ऐसा नहीं कर सकते। कारोबार से संबंधित फैसले हमें दिल से नहीं दिमाग से सोचकर लेने होते हैं। अगर हम दिल की सोचने लगे, तो हो सकता है कि हमारा एक फैसला अगर किसी को खु:शी दे रहा है। तो साथ-ही-साथ किसी और को दु:ख भी दे रहा होगा। इसलिए हमें दिल से नहीं दिमाग से सोचना चाहिए। और ये भी सोचना चाहिए कि हमारे किसी भी फैसले से किसी को भी ठेस न पहुँचे। क्योंकि कम्पनी किसी एक इंसान की बदोलत नहीं चलती। बल्कि बहुत लोग जुड़े हुए होते हैं हमारे साथ। जो हमेशा हर परिस्थिति में हमारे साथ खड़े रहते हैं। उनकी वजह से ही तो हम इतनी ऊँचाइयों तक पहुँच पाते हैं। हमें उन सब के बारे में सोचना होता है। वे सब भी मेहनत करते हैं। सिर्फ इस उम्मीद में कि अगर कम्पनी का भला हुआ तो उनका भी होगा। इसलिए मैं अंश को CEO नहीं बना सकता। CEO तो तुम्हें ही बनना होगा। ताकि कोई ये न बोल सके

"काबिलियत तो हम में भी थी फिर अंश को ही क्यों बनाया? "

पर तुम्हारे बनने से कोई ऐसा नहीं कह पाएगा।

आयुषी- उस दिन पापा की आँखों में एक अलग-सी चमक थी। जो मैंने पहले कभी नहीं देखी थी। वह बहुत खुःश थे। उन्हें विश्वास हो गया था कि मैं सब कुछ सम्भाल लूँगी। पर इस खुःशी का कारण में नहीं बल्कि अंश था। क्योंकि पापा को मुझसे ज्यादा , अंश पर भरोसा था। उन्हें भरोसा था कि वह मुझे उस मुकाम तक पहुँचा देगा, जँहा वह मुझे देखना चाहते हैं।

अब तो मेरी भी उससे मिलने की उत्सुकता बढ़ गयी थी। मुझे भी उसे देखना था। उसे और करीब से जानना था। उसके बारे में सोचते-सोचते कब अमेरिका से इंडिया का सफ़र पूरा हो गया पता भी नहीं चला। और आखिरकार मैं अपने देश, अपने भारत आ ही गई। वही देश जिसे मैं 15 साल पहले हमेशा के लिए छोड़कर चली गई थी। इस देश से मेरी कुछ यादें जुड़ी हैं। जो मैं चाह कर भी नहीं भूला सकती। उस दिन हवाई अड्डे से बाहर निकलते ही मुझे वहाँ से जुड़ी कुछ बातें याद आने लगीं।

एक बार, मैं राधिका के पापा की गाड़ी में चुपचाप बैठकर यहाँ (हवाई अड्डे) आ गई थी क्योंकि मैं अपने पापा से बहुत नाराज़ हो गयी थी। इसलिए मैं राधिका के पापा की गाड़ी में छुप गई थी , ताकि मैं पापा से दूर चली जाऊँ। उस समय में नादान थी।नहीं जानती थी कि मैं क्या कर रही हूँ। बस जो मन में आता था, कर देती थी।

राधिका के पापा मेरे पापा के बहुत अच्छे दोस्त थे, इसलिए जब उन्हें मेरी इस शरारत का पता चला तब, वह मुझसे बहुत नाराज हुए। और पापा को कॉल करके वहीं बुला लिया। उस दिन पापा ने बिल्कुल भी गुस्सा नहीं किया। तब तो मुझे नहीं समझ आया था। क्यों? पर आज समझ आता है। वह उस दिन मुझे देखकर रोने लगे थे। मुझे गोद में उठाकर लाड-लडाने लगे थे। मुझसे कहने लगे, "आज के बाद मैं कभी गुस्सा नहीं करूँगा। पर तुम मुझे वचन दो कि तुम दुबारा मुझे छोड़कर जाने का ख्याल अपने मन में भी नहीं लाओगी। मैं जी नहीं पाऊँगा तुम्हारे बिना। तू तो मेरी जान है बेटा। आज के बाद फिर दुबारा ऐसी शैतानी मत करना, मैं मर जाऊँगा।" उस दिन मुझे एहसास हुआ कि वह मुझसे कितना प्यार करते थे।पापा को रोता देख मैंने पहले उनके आँसू पोंछे और फिर उन्हें गले से लगा लिया। बाद में अपनी नादानी के लिए क्षमा भी माँगी।

आज मैं वहीं खडी हूँ, जहाँ पापा ने मुझे उस दिन गले लगाया था। पर आज वह मेरे पास नहीं, मेरे साथ नहीं। उस दिन पता नहीं कैसे मेरा पैर मुड़ गया था। मैं गिरने ही वाली थी कि पापा ने मुझे सम्भाल लिया। वह हमेशा मेरे पीछे खडे होते थे। ताकि मैं उनकी नजरों से कभी ओझल न हो पाऊँ। (नम आँखों से) पर आज अगर मैं गिरती हूँ, तो मुझे संभालने के लिए मेरे साथ मेरे पापा नहीं।

कहने को तो राधिका के पापा ही अब मेरे पापा हैं। वह मुझसे बहुत प्यार करते हैं।उन्होंने मुझे कभी किसी चीज की कमी नहीं होने दी। मेरी हर छोटी-से-छोटी खुःशी का ख्याल रखा है। मेरे बहुत अच्छे दोस्त बनकर रहे हैं। उनकी यही कोशिश रही है कि मुझे कभी भी मेरे पापा की याद न आए। वह हमेशा मेरे साथ कदम से कदर मिलाकर चले हैं। पर कभी भी मेरे पीछे नहीं चले। उन्हें बस उतना ही दिखता है जितना मैं उन्हें दिखाती हूँ। पर वो नहीं जो मैं उनसे छिपाती हूँ (मेरा दर्द, मेरी तकलीफ)। पर जब मेरे पापा मेरे पीछे चलते थे, तब उन्हें वो सब भी दिखता था जो मैं भी नहीं देख पाती थी। इसलिए आज भी उनकी कमी मुझे खलती है।

मेरी आँखे नम हो गई थीं । वहाँ मेरा एक भी कदम रखना भारी पड़ रहा था । हर कदम पर मुझे पापा ही दिख रहे थे । और इस तरह मेरे कदम लड़खड़ाने लगे । मैं गिरने ही वाली थी , कि तभी, अंश ने मुझे संभाल लिया और मुझे गिरने से बचा लिया। बिल्कुल मेरे पापा की तरह ।

उसने अपने एक हाथ से मेरे हाथ को थाम लिया और दूसरे हाथ से मेरे कंधे को संभाल लिया। उस दिन उसने मेरा पहली बार हाथ थामा था । फिर चाहे मुझे संभालने के लिए ही क्यों न थामा हो। उसके कपड़ों में से जानी पहचानी महक आ रही थी । जो सीधा मेरे दिल को छू रही थी।

मैंने जिज्ञासा पूर्वक उसे अपनी नम आँखों से देखा । वह मेरे बहुत करीब था । कुछ पल के लिए तो मैं सब कुछ भूल गई और उसे ही देखने लगी । उस दिन न जाने कैसे मौसम इतना रंगीन हो गया। चिड़ियाँ चहचाने लगी । उनकी आवाज ऐसी लग रही थी मानो कोई प्रेम गीत गा रही हों । कालियाँ खिलने लगीं । उनकी महक से हर तरफ खुशनुमा माहौल बन गया था। पूरे वातावरण में प्यार का संगीत बजने लगा था।

चारों ओर से एक प्रेम धुन सुनाई देने लगी । मैं भी बस उसमें (अंश) ही खो गई थी।

(1 साल पहले , 14 जनवरी 2015 , आयुषी और अंश की मुलाकात)

आयुषी : (प्यार भरी नजरों से उसे निहारते हुए मन में बोलती है)

तुम मुझपर ऐसा कौन-सा जादू कर रहे हो जो मेरी नजर तुम पर से हट ही नहीं रहीं। तुम्हें देखकर मेरा मन बहुत खुश हो रहा है । ऐसा लग रहा है मानो कोई खोई हुई चीज़ मुझे आज मिल गई हो ।

(आँखों में आँखें डालकर) तुम्हारी ये झील सी गहरी आँखें , जिनमे खोने का मन करता है । इसमें मुझे बहुत सारा प्यार , मेहनत , कठिन परिश्रम

सब कुछ दिख रहा है । पर ये पीड़ा कैसी जो मैं समझ नहीं पा रही। ये आँखें मुझे तुम्हारी ओर क्यों खींच रही हैं ? आखिर कौन हो तुम ? क्यों तुम्हारी आँखे मुझे किसी की याद दिला रही हैं ? बताओ न क्यों तुमसे मेरी नज़रे हटती नहीं?

तुम्हारा ये तिल (होंठ के ऊपर), आज इतना खुःश क्यों है? क्या इसे मुझसे कुछ बोलना है? अगर बोलना है तो बोलते क्यों नहीं? मुझे भी तुम्हारी आवाज़ सुननी है। मुझे भी जानना है क्या तुम ही मेरे वो साथी हो जिसका मैं आज तक इंतज़ार कर रही थी? क्योंकि तुम्हें देखकर जो एहसास मुझे हो रहा है, वो आज तक कभी किसी के लिए नहीं हुआ। ऐसा लग रहा है मानो मेरा दिल आज मेरे काबू में ही नहीं। तुम्हारी आँखें, तुम्हारा स्पर्श, तुम्हारे कपड़ों की महक, सब एक ओर ही इशारा कर रहे हैं।

बताओ न! मैं भी बेचन हो रही हूँ। क्या तुम ही मेरे सपनों में आके मुझे संभालते थे? क्या तुम ही मेरा प्यार हो? यूँ चुपचाप न रहो। कुछ तो बोलो। तुम्हारी चुप्पी मेरे दिल को चीर रही है। मेरी धड़कन भी तेज हो गई है। अब तो कुछ बोलो। क्या तुम भी मेरे लिए ऐसा ही महसूस कर रहे हो, जैसा मैं कर रही हूँ? तुम कुछ बोलते क्यों नहीं। मेरे कान तुम्हें सुनने को तरस गए हैं। बोलो तुम कौन हो?

अंश प्यार से आयुशी की आँखों में आँखें डालकर उसे यूँहीं देखता रहता है। आयुशी को देख उसे लगता है, कि उसे आज-तक जिसकी तलाश थी। वह उसे मिल गया हो। उसके मन में खुःशी का सागर उमड़ने लगता है। वह भी उसे बिना पलकें झपकाए बस यूँहीं देखता रहता है।

पापा - (उन दोनों के एकांत को भंग करते हुए) बेटा, तुम ठीक तो हो?

आयुशी - हाँ पापा, मैं ठीक हूँ। पता नहीं, कैसे पैर मुड़ गया? पर आप चिंता न करें।

{ अंश की P.A. (Personal Assistant) } - माधुरी - मैम, आप ठीक तो हैं? मोच तो नहीं आई न? आपको दर्द तो नहीं हो रहा?

आयुशी - (अंश की तरफ निराशा भरी नज़रों से देखते हुए) जितना दर्द मुझे मेरी ज़िंदगी ने दिया है उसके सामने तो ये कुछ भी नहीं है। तुम चिंता मत करो; इन्होंने (अंश की तरफ इशारा करते हुए) मुझे संभाल

तो लिया था। अब मैं ठीक हूँ। कुछ नहीं हुआ मुझे। वैसे आप सब ने मुझे अपना परिचय नहीं दिया। पापा ये दोनों कौन हैं?

पापा - ये हट्टा–कट्टा सुंदर-सा नौजवान, हमारी कम्पनी की शान– अ.......

आयुषी - अंश है (गुस्से से तिरछी नजरों से देखते हुए) मैंने सही कहा न पापा? तो ये है अंश। तुमने मुझे गिरने से बचाया उसके लिए धन्यवाद।

(गुस्से और निराशा से मन ही मन में बोलते हुए) जब तुमने मुझे गिरने से बचाया तो मुझे लगा "तुम ही मेरा प्यार हो "। पर जिस इंसान में इतना घमण्ड, इतना गुरूर हो, जो वह ये तक न पूछ सके , " कैसी हो "? भला वह मेरा प्यार कैसे हो सकता है? मैंने जो कुछ भी अभी तुम्हारी आँखों में देखा वह सब मेरी आँखों का धोखा ही है।

अंश -(अपने चेहरे पर एक प्यारी सी मुस्कान के साथ अंश ने आयुषी को फूलों का गुलदस्ता दिया)। उसमें वही गुलाबी रंग के फूल थे, जो आयुषी सपनें में देखा करती थी।

उन फूलों को देख एक बार फिर आयुषी को उस पर भरोसा होने लगा। उसका मन चिल्ला - चिल्लाकर बोल रहा था कि यही उसका प्यार है। पर फिर भी वो एक बार उसके मुँह से सुनना चाहती थी। अंश की मुस्कान भी आयुषी के मन में बस गई थी। आयुषी जितना तड़प रही थी उतना ही अंश भी तड़प रहा था। पर उसकी तड़प का कारण उसके सीने का दर्द था, जो उसे बचपन से होता आ रहा था।

आयुषी -(फूल लेते समय वो मन में सोचती है) तुम्हारी आँखों में ये दर्द कैसा। क्या चल रहा है तुम्हारे दिमाग में। आँखों में इतना दर्द है पर फिर भी चेहरे पर मुस्कान। कैसे कर लेते हो ये सब? तुम इस शांति को अब भंग क्यों नहीं करते।

पूरे रास्ते तुम्हारे बारे में ही सुनती आई हूँ। अंश ऐसा है ,अंश वैसा है ।अब तुम भी तो बताओ "अंश कैसा है"? क्यों मेरी परीक्षा ले रहे हो, अंश? बस एक बार बता दो; क्या तुम ही मेरा प्यार हो? क्या तुम्हें भी वही महसूस होता है, जो मैं तुम्हारे लिए इस पहली मुलाकात में करने लगी हूँ?

(निराशा और गुस्से से सबके सामने बोलते हुए) पापा, क्या आपका ये

होनहार नौजवान, गूँगा है? कुछ बोलता क्यों नहीं? इसने तो ये तक नहीं पूछा "मैं कैसी हूँ"? मेरे पैर में मोच तो नहीं आई। बस यूँही मूर्ति बना खड़ा है।

माधुरी- नहीं मैम। सर गूँगे नहीं हैं। हमारे सर , अपनी माँ से बहुत प्यार करते हैं और उनकी माँ भगवान को बहुत मानती हैं। आज उन्होंने सर को मौन व्रत रखने को कहा है। इसलिए वह चाहकर भी कुछ नहीं बोल रहे।

आयुषी -वैसे तुम कौन हो?

माधुरी-मैं सर की P. A. हूँ।

   आयुषी - ओ !

पापा - हाँ बेटा, अंश ऐसा बिल्कुल नहीं है, जैसा तुम सोच रही हो। देखो, तुम्हें गिरने से इसने ही बचाया न।

आयुषी - (प्यार भरी नजरों से अंश को देखते हुए बोलती है) मुझे इस बारे में कुछ नहीं पता था। मैंने अंजाने में तुम्हारे दिल को जो ठेश पहुँचाई है, उसके लिए मैं तुमसे माँफी माँगती हूँ।

अंश -(इशारों में बात करते हुए बोलता है) नहीं मैंम। आपने कुछ गलत नहीं बोला। मैं भी आपकी जगह होता, तो ऐसा ही करता।

अब बहुत देर हो गई है। सूरज भी सिर पर आ गया है अब हमें चलना चाहिए ।

(कार का दरवाजा खोलते हुए इशारों में) आइये मैंम।

   पूरे रास्ते आयुषी अंश के बारे में ही सोचती हुई जाती है । वो सोचती है कि सारी बाते बस एक तरफ ही इशारा कर रही हैं कि अंश ही मेरा प्यार है ।

इसने मुझे वही फूल दिया, जो मुझे सपने में दिया करता था। इसके कपड़ों से भी वही सुगंध आ रही थी। इसकी आँखें भी वैसी ही हैं, जैसी मैंने सपनें में देखी थी। इसका स्पर्श भी मुझे उसकी ही याद दिलाता है।

अब बस एक बार इसकी आवाज़ सुन लूँ, तो मुझे पूर्णतः विश्वास हो जाए। कि यही मेरा जीवन साथी, मेरा वही प्यार है। जो सुख - दुःख, अच्छी - बुरी हर परिस्थिति में मेरे साथ खड़ा रहा।

   (कम्पनी में आयुषी का स्वागत)

सब ने आयुषी का स्वागत उसी तरह के गुलाब के फूलों से किया। वह ये सब देखकर परेशान होने लगी थी। वह सोच में पड़ गई कि उसे ऐसे फूल तो बस एक ही इंसान देने वाला था। फिर ये सब क्या है? उसने इसकी कोई उम्मीद नहीं की थी।

आयुषी को यूँ परेशान देख उसके पापा ने पूँछा -

पापा - आयुषी, बेटा क्या हुआ? इतना परेशान क्यों लग रही हो? तुम ठीक तो हो?

आयुषी - हाँ, पापा मैं ठीक हूँ। आप मेरी चिंता न करें। मैं तो बस यह सोच रही थी कि सब ने मुझे एक जैसे ही फूल क्यों दिए? और वह भी इतने खूबसूरत और महकदार फूल, जो मैंने आज तक कहीं और नहीं देखे। बस यही बात मेरे समझ में नहीं आ रही थी इसलिए मैं सोच में पड़ गई थी और कुछ नहीं।

पापा - वैसे ये तो मुझे भी नहीं समझ आ रहा।

अंश अब तुम ही बताओ ये सब क्या चल रहा है।

अंश - (माधुरी को इशारा करते हुए इन सब के बारे में बताने को कहता है)।

माधुरी - सर, ये सारे फूल अंश सर के बगीचे के हैं। सर के पापा कृषि वैज्ञानिक (agricultural scientist) हैं। वे आए दिन कोई न कोई खोज (research) करते रहते हैं। ये जो इतने सुंदर फूल आप देख रहे हैं, उनकी मेहनत का नतीजा है। इनकी सुगंध से पूरा बगीचा महक उठता है। इसलिए खास मैंम के लिए ये फूल सर अपने बगीचे से लाए हैं। क्योंकि उन्हें पता चल गया था कि मैंम को फूलों से कितना प्यार है। मैंम ने सही कहा ऐसे फूल कहीं नहीं देखने को मिलते, सिवाए हमारे सर के बगीचे के। ये बहुत ही खास फूल हैं ।

पापा - ओ! अच्छा। वैसे सही किया तुमने। काफी मन - मोहक महक है इन फूलों की। इनकी महक से मन एक-दम खुःश हो गया है। सारी थकान भी मिट गई। क्यों, सही कहा न आयुषी बेटा?

यह सब सुनकर आयुषी अंश को प्यार से निहारने लगी। उसके मन में विश्वास बढ़ता जा रहा था। वह सोचने लगी कि भले ही सबने उसे वही फूल दिए हैं, लेकिन उन फूलों को लेकर तो अंश ही आया था। उसने ही

सबसे पहले उन फूलों को छुआ था।

आयुषी- ह... हाँ! पापा आप कुछ कह रहे थे क्या? वो मैं इन फूलों की महक में इतनी खो गई कि आपकी बात सुन ही नहीं पाई। वैसे आप क्या पूछ रहे थे?

पापा- (मुस्कुराते हुए) मैं भी यही बोल रहा था कि यह फूल बहुत प्यारे हैं। तुम क्या कहना चाहती हो इसके बारे में?

आयुषी- हाँ, सही कहा आपने। (अंश की तरफ देखते हुए) यह फूल वाकई बहुत खूबसूरत हैं। इनकी महक उससे भी ज़्यादा अद्भुतहै।

(सोचते हुए) वो क्या कहते हैं पापा!

हाँ, अतुलनीय!

(मुस्कुराते हुए) अतुलनीय है इनकी महक।

अंश- (इशारों में) यह तो मेरा फर्ज़ था।

आइए सर (हॉल की तरफ इशारा करते हुए) सब आपका इंतजार कर रहे हैं

पापा- (आयुषी से बोलते हैं) चलो बेटा।

आयुषी के पापा उसे सबके सामने औपचारिक रूप से A.P Company का CEO घोषित कर देते हैं। उसके बाद वहाँ एक समारोह का आयोजन किया जाता है। जहाँ वह कम्पनी से जुड़े बाकी लोगों से मुलाकात करती है। तभी आयुषी के पापा को एक कॉल आता है। जिसको सुनने के बाद वह अंश को फौरन ही बुला लेते हैं और उसे आयुषी की ज़िम्मेदारी सौंप देते हैं। उसे आयुषी के अतीत के बारे में सब कुछ बता देते हैं। आयुषी ने बचपन में बहुत दुःख झेला है इसलिए वह नहीं चाहते कि अब उसे और दुःख सहना पड़े। इसलिए वह अंश को अच्छे से समझा देते हैं कि उसे आयुषी का अच्छे से ख्याल रखना है। और जितना हो सके आयुषी की ज़िंदगी में खुशियाँ भरनी है। इस बात का भी ख्याल रखना है कि उसे कभी कोई दुःख छू भी न पाए।

वैसे तो उसका (अंश) उस दिन मौन व्रत था। पर उसकी आँखों ने आयुषी के पापा को संतुष्ट कर दिया। उसने इशारों में ही बोला '' आप चिंता न कीजिए सर। आपका वहाँ (अमेरिका) होना जरूरी है।आप की वहाँ ज़्यादा ज़रूरत है। आयुषी मैडम अब मेरी जिम्मेदारी हैं। जिसे मैं पूरी

ईमानदारी से निभाऊँगा। आप बेफिक्र होकर जाइए।"

वह आयुषी को भी बुलाते हैं और उसे अमेरिका से आए कॉल के बारे में बताते हैं वह बताते हैं कि उनका जाना बहुत जरूरी है क्योंकि एक बहुत बड़ी कम्पनी उनके साथ व्यापार करना चाहती हैं। इसलिए उन्हें आज ही जाना पड़ेगा। नहीं तो इतना अच्छा मौका उनके हाथ से निकल जाएगा। (सिर पर हाथ फेरते हुए बोलते हैं) अंश तुम्हारा अच्छे से ख्याल रखेगा। तुम चिंता मत करना। वह बहुत जिम्मेदार लड़का है। अगर उसने तुम्हारी जिम्मेदारी ली है, तो अच्छे से निभाएगा भी। बस तुम खु:श रहना और अपना ख्याल रखना।

आयुषी आप मेरी चिंता न कीजिए पापा। आप जाइए और बेफिक्र होकर जाइए। मैं अपना ख्याल रख लूँगी।

आयुषी की बात सुनने के बाद उसके पापा संतुष्ट होकर एयरपोर्ट के लिए निकल गए।

अंश-(एक पेज पर लिखकर बोलता है) आइए मैडम आप थक गई होंगी अब हमें घर चलना चाहिए |

आयुषी- शुक्रिया, पर मैं होटल में रहूँगी। तुम्हें मेरी चिंता करने की जरूरत नहीं। मैं तुम्हें परेशान नहीं करना चाहती। और इस तरह मैं किसी के साथ अकेले नहीं रह सकती।

अंश- आप अकेली कहाँ है। मेरे माँ-पापा हैं न। वे आपको अपनी बेटी की तरह ही रखेंगे। आप चिंता न कीजिए। वहाँ आपको कोई परेशानी नहीं होगी। इसकी जिम्मेदारी मेरी है। लेकिन अगर आप अकेले होटल में रहना चाहती हैं। तो मेरे एक सवाल का जवाब दें। क्या सच में आप खुद को वहाँ सुरक्षित महसूस कर पाईंगी? क्या अकेले रह पाईंगी आप? एक बार ज़रूर सोचना।

मैं आपके लिए ही बोल रहा हूँ। सर ने भी मुझे ही आपकी जिम्मेदारी सौंपी है। अगर आप मेरे साथ रहती हैं, तो वे भी निश्चिंत होकर काम कर पाएंगे। और अगर आप अकेले होटल में रहीं, तो उनका वहाँ भी मन नहीं लगेगा। एक बार मुझपर विश्वास तो करके देखें। मैं आपका ये विश्वास कभी टूटने नहीं दूँगा।

और अगर आपको मुझपर विश्वास नहीं होता। तो कोई बात नहीं। पर

आपसे एक विनती है, कम से कम आज आप मेरे घर चलिए। वहाँ आपको अपने घर की कमी महसूस नहीं होगी। ये मेरी ज़िम्मेदारी है। और अगर फिर भी आपको ऐसा कुछ लगता है। या आप वहाँ खुःश नहीं रहतीं हैं। तो आपका जहाँ मन करे, आप वहाँ रह सकती हैं।

जैसी आपकी मर्ज़ी।

मैं पार्किंग से कार लेकर आता हूँ। तब तक आप सोच लिजिए। आपको कहाँ रहना है?

अंश ये सब बोलकर चला जाता है। तब आयुषी मन-ही-मन सोचती है।

आयुषी- मुझे तुम बहुत अच्छे लगते हो, अंश। मेरा दिल तो बस तुम्हारा ही साथ चाहता है। मैं हर वक़्त तुम्हारे साथ रहना चाहती हूँ। मैं कभी नहीं चाहूँगी कि तुम मेरी नजरों से एक पल के लिए भी ओझल हो। पर न जाने मेरा दिमाग क्यों नहीं मानता। पता नहीं मेरे मन में ये डर कैसा। शायद, इसलिय क्योंकि मैं आज तक किसी भी लड़के के साथ एक ही छत के नीचें नहीं रही। मैं तुम्हारे घर रहूँगी तो तुम हर वक़्त मेरे आस-पास ही रहोगे। ताकि मुझे कोई परेशानी न हो और तुम अपनी ज़िम्मेदारी अच्छे से निभा पाओ। पर मैं वहाँ पर खुद को आज़ाद महसूस नहीं कर पाऊँगी।

वैसे इसमें भी एक बात अच्छी ही है, वहाँ रहकर मैं तुम्हें और करीब से जान पाऊँगी।

वैसे तुमने ये तो सच ही कहा। मैं खुद को होटल में सुरक्षित महसूस नहीं कर पाऊँगी। इससे अच्छा तो ये होगा कि मैं तुम्हारे साथ ही रहूँ। मैं उन फूलों को केसे भूल सकती हूँ, मुझे वो बगीचा देखना है। जहाँ इतने सुंदर फूल खिलते हैं।

तो ठीक है, अंश। मैं तुम्हारे साथ चलने को तैयार हूँ।

आयुषी ये सब सोच ही रही होती है कि अंश कार लेके आ जाता है और आयुषी को बैठने को बोलता है।

बैठने के बाद वो फिर से पूछता है," मेम आप कहाँ रहना पसंद करेंगी, मुझे बता दें, जिससे मैं आपको वहीं ले जा सकूँ।"

आयुषी उसे घर ही ले जाने को बोलती है। वो दोनों एक साथ घर चले जाते हैं। वहाँ अंश के माता - पिता आयुषी को देखकर चौंक जाते हैं और जिज्ञासा पुर्वक पूछते हैं, "अंश ये कौन है"? इसके जवाब में अंश इशारों में बस इतना ही कहता है कि " यह हमारी मेहमान हैं। बाकी बात मैं कल बताता हूँ।"

ये सब उसने इसलिए बोला था, क्योंकि उसका मौन व्रत अभी खत्म नहीं हुआ था। और वह इशारों में बात करते - करते अब थक चुका था। इसलिए वह दूसरे दिन (जब मौन व्रत पूरा हो जाता) सब कुछ अच्छे से बता पाता।

अंश आयुशी को उसका कमरा दिखा देता है। और उसे निश्चिंत होकर सोने को बोलता है।

अंश आयुशी की जरूरत का सारा सामान उसके कमरे में रखवा देता है। और फिर वो भी सोने चला जाता है। आयुशी भी निश्चिंत होकर सोने ही जा रही होती है कि तभी उसको राधिका का फोन आता है। वो उससे बात करने लग जाती है।

राधिका- (व्यंग्य पूर्वक) गुड इवनिंग मेम, कैसी हैं आप?

आयुशी- (हस्ते हुए) राधू, तू भी न यार! मैं तेरी मेम कब से हो गई?

इतनी सभ्यता! और वो भी हमारी राधु में। आखिर कैसे? मेरी राधु तो मुझे , जानेमन या आयु बुलाती है।

(व्यंग्य पूर्वक) तुम कौन हो भाई, मैं अनजानों से बात नहीं करती। मेरी राधू को ही फोन दो। मैं तो बस उससे ही बात करूँगी।

राधिका- वाह ! क्या बात है आयु। दिल खुःश कर दिया तूने।

तुझे पता है आज मैं बहुत खुःश हूँ। एक तो इसलिए क्योंकि तूने मुझे पापा के व्यापार में फसने से बचा लिया। नहीं तो पापा मुझे ही परेशान करते रहते। तूने मेरा सारा तनाव दूर कर दिया।

आयुषी- राधू तूने मेरे लिए जो किया है उसके सामने तो ये कुछ भी नहीं। मेरी हर दुआ में बस तेरा ही नाम रहता है। मैं भगवान से बस एक ही प्रार्थना करती हूँ," तेरे हर दुःख मेरे हो जाएँ और तेरी ज़िंदगी में बस खुशियाँ ही रह जाएँ।"

तूने मुझे उस वक्त में संभाला, जब मुझे तेरी सबसे ज़्यादा ज़रूरत थी।

मुझे अपने साथ रखा। मेरे लिए वो सब किया जिससे मुझे खु:शी मिल सके। तूने इतनी छोटी-सी उम्र में वो कर दिखाया जो शायद मैं कभी नहीं कर पाती। तूने तो माँ - पापा तक मेरे साथ बाँट लिए। इतना बड़ा दिल सिर्फ़ तेरा ही हो सकता है।

तूने जो मेरे लिए किया है न, उसके सामने तो ये कुछ भी नहीं। अगर तू कभी मुझसे मेरी जान भी माँगेगी तो मैं कभी पीछे नहीं हटूँगी। ये एक बहन का दूसरी बहन को वादा है।

राधिका- बस भी कर रुलाएगी क्या?

मैंने जो किया है वो तेरे ऊपर कोई कर्ज़ नहीं जिसे उतारने के लिए तू अपनी जान भी देने को तैयार हो गई। आगे से ऐसी बात की न तो देख लियो। मैं नाराज़ हो जाऊँगी और फिर कभी बात नहीं करूँगी।

मैंने बस वही किया जो उस वक्त मेरे दिल ने कहा था। हम दोनों का रिश्ता तो शुरू से ही गहरा था और तू जानती है कि मैं तेरी आँखों में आँसू नहीं देख सकती। इसलिए मुझे जो ठीक लगा मैंने किया, इसमें कौन-सी बड़ी बात हो गई।

आयुषी- ये तो तेरा बड़प्पन है। तू वो सब कर जाती है, जो कोई नहीं कर सकता और कभी घमंड भी नहीं करती।

राधिका- ऑफहो ! तू भी न यार। लगता है मुझे ही माहोल बदलना पडेगा। तूभी न! पता नहीं क्या-क्या बोलती रहती है।

अच्छा सुन! मेरे पास एक खुशखबरी है।

आयुषी- क्या? जल्दी बता।

राधिका- हाँ-हाँ, रुक जरा!

पहले तुझे सता तो लूँ।

आयुषी- देख अब मुझसे बरदास नहीं हो रहा। तू बताती है या अभी तेरे कान पकड़ूँ।

राधिका- हाँ पकड! मैं भी तो देखूँ इतनी दूर से तू कैसे पकडती है।

अच्छा, चल बता ही देती हूँ। मे...रा... गा...ना... सबको पसंद आया।

तुझे पता है मुझे प्रथम पुरस्कार मिला। सबने मेरी तारीफ की। मैं आज बहुत खु:श हूँ। मम्मी भी मेरे हाथों में ट्रॉफी देख बहुत खु:श हुई।

आयु आज मुझे तेरी बहुत याद आई। अगर आज तू मेरे साथ होती तो

मेरी खु:शी दुगनी हो जाती। हम दोनों एक साथ अपनी इस खु:शी का लुप्त उठाते। पर कोई बात नहीं। मैं बहुत जल्द अपनी आयु से मिलने आऊँगी। वैसे एक बात पुछूँ? तू खु:श तो है न? तुझे वहाँ कोई परेशानी तो नहीं?

आयुषी- हाँ राधू, मैं बहुत खुश हूँ। तेरे लिए भी और अपने इस फैशले से भी। तू मेरी चिंता मत कर। अब बस अपने भविष्य पर ध्यान दे। मैं चाहती हूँ तू बहुत जल्द एक बहुत बड़ी गायिका बने।

अच्छा ये बता मम्मा कैसी हैं?

राधिका- वो अच्छी हैं। तुझे ही याद कर रही थीं। बस थोड़ी देर पहले ही सोने गई हैं।

वैसे तू कहाँ रुकी हुई है?

आयुषी- हमारी कम्पनी के मैनेजर के घर पर। अच्छा लडका है वो।

राधिका- आयु, फिर भी थोड़ी सावधानी से रहना। तू अच्छी है, इसलिए तुझे सब अच्छे लगते हैं। पर दुनिया में कुछ लोग ऐसे भी होते हैं जो अच्छे का मुखोटा डाल बुराई के गुलाम होते हैं।

इसलिए किसी पर भी आँख मुँद कर भोसा मत कर। चाहे वह कोई भी क्यों न हो।

आयुषी- तू चिंता मत कर। मैं अपना ख्याल रख लूँगी।

अच्छा ये बता तुझे मेरी बात ध्यान है या नहीं? जो मैंने तुझे आने से पहले बोली थी। याद है न?

राधिका- हाँ बाबा! याद है। सब याद है मुझे।

यही न कि माँ - पापा को बिलकुल परेशान नहीं करना और उनका अच्छे से ख्याल भी रखना है। साथ-ही-साथ पूरी लगन से मुझे अपने सपने को भी पूरा करना है।

देखा! सब याद है न मुझे।

वैसे मेने तो सोच लिया है।(व्यंग्य करते हुए) बस एक बार मैं सिंगर बन जाऊँ। फिर तुझे ही अपना P.A बनाऊँगी। सही रहेगा न।

आयुषी- हाँ- हाँ! क्यों नहीं।

   राधिका - बस ऐसे ही हँसती रह मेरी जानेमन। तू ऐसे ही अच्छी लगती है।

"लव यू आयू"।

आयुषी- "लव यू टू"।

चल अब मैं रखती हूँ। बहुत देर हो गई है। मुझे कल जल्दी उठना है।

राधिका - हाँ, तू सोजा। अलविदा।

आयुषी - अलविदा।

जब राधिका और आयुषी बात कर रहे थे, तब वहाँ से अंश गुजर रहा था। तभी आयुषी को हँसता देख वह रुक गया और वहीं खिड़की पर खड़ा हो गया। उसने आयुषी को उस दिन पहली बार हँसते हुए देखा था। उसकी वो हँसी उसके दिल पर छप गई थी। उसका दिल मानो जैसे खुःशी से नाचने लगा था। वह वहीं खड़ा होकर आयुषी को एकटक देखने लगा। उसे ऐसा लगा मानो जैसे आयुषी की मुस्कान उसे अपनी ओर खींच रही हो। वह उसमें ही खोने लगा था। वह चाहकर भी अपनी नजर हटा ही नहीं पा रहा था। उसने उस दिन एक जुड़ाव महसूस किया, जो उसे बस आयुषी की ओर ही खींचे जा रहा था।

आयुषी जैसे ही सोने के लिए अपनी लाइट बंद करती है, वैसे ही उसका ध्यान भी टूट जाता है। और वह सोने चला जाता है। कहने को तो दोनों सोने चले जाते है पर किसी को भी नींद नहीं आती। बस एक - दूजे के खयालों में ही खोए रहते है। दोनों के मन में बहुत से सवाल उठते हैं। पर उनका दिल-दिमाग किसी एक नतीजे पर नहीं पहुँचता। दिल कुछ कहता है और दिमाग कुछ और। दिल-दिमाग की इस जंग से लडते-लडते, आखिर कार थक कर, वे दोनों सो जाते हैं। अगली सुबह जब आयुषी उठकर तैयार होकर ऑफिस जाने के लिए आती है, तब वह अंश को बगीचे में खड़ा देखती है। उसे अकेला देख उसका मन करता है कि अंश से उसके सवाल पूछ लेने चाहिए। उससे पूछ लेना चाहिए क्या वही उसका प्यार है? क्या उसे भी आयुषी से मिलकर ऐसा ही महसूस हुआ जैसा आयुषी को हुआ था।

आयुषी वहीं अंश के पास पहुँच जाती है और वह देखती है कि अंश फूलों के साथ कुछ कर रहा है। वह उसे आवाज लगाने ही वाली होती है कि तभी उसकी आहट सुनकर अंश पीछे मुड़ता है और हाथ में फिर से वही गुलाब लिए, उसे देते हुए बोलता है–(चेहरे पर एक प्यारी सी मुस्कान के

साथ) Good morning।

बस फिर क्या था। उसकी खुःशी का ठिकाना ही नहीं रहा क्योंकि उसे बिन पूछे उसका जवाब मिल गया था।

जिस अंदाज़ से अंश ने आज उसे good morning बोला , सपनें में भी ठीक इसी अंदाज़ में बोलता था। उसकी आवाज भी बिल्कुल वैसी ही थी। खुःशी के मारे उसके मुँह से एक भी शब्द न निकला। आखिरकार उसका सपना सच हो ही गया, उसका विश्वास आज जीत गया। उसका दिल खुःशी के मारे झूमने लगा था।

वह उसके हाथ से गुलाब तो ले लेती है, पर कुछ बोल नहीं पाती। बस प्यार से उसकी आँखों में देखती रहती है।

इतने में ही अंश के पापा उसे आवाज़ लगाते है और वह वहाँ से चला जाता है।

आयुषी को अंश से अभी बहुत सी बातें करनी थी। उससे पूछना था – क्या वह भी उससे इतना ही प्यार करता है; जितना की वो। वैसे तो आयुषी को भरोसा हो गया था कि यही उसका प्यार , उसकी दुनियाँ, उसका जीवन साथी है। पर क्या ऐसा ही अंश सोचता है? ये सोचकर वह थोड़ी परेशान हो उठती थी और उससे बात करने के लिए उसके पीछे - पीछे चली गई। वह जानना चाहती थी कि वो (अंश) उसके लिए क्या महसूस करता है।

आयुषी पुछने ही जा रही होती है कि तभी अंश की मम्मी उसे अपने पास बुला लेती हैं और बोलती हैं- बेटा, हमें तुम्हारे बारे में अंश ने सब कुछ बता दिया है। तुमने नन्ही सी उम्र में बहुत दुःख झेला है। जिसकी मैं चाह कर भी कल्पना नहीं कर सकती। पर अब तुम दुःखी मत होना। हम सब हैं न, तुम्हारे साथ। और हमेशा रहेंगे भी। अंश की तरह तुम भी मुझे माँ बुला सकती हो। जैसे में अंश की माँ हूँ, वैसे ही आज से तुम्हारी भी। तुम्हें कभी भी कोई भी परेशानी हो, बस एक बार अपनी इस माँ को याद कर लेना। कभी खुद को अकेला मत समझना। मैं हमेशा तुम्हारे पीछे खडी हूँ। तुम्हें सम्भालने के लिए।

अंश ने मुझे ये भी बताया कि तुम्हें पुष्पों से कितने लगाव है। देखो भगवान की नियती। आज तुम्हारे चारो ओर सिर्फ फूल ही फूल हैं। तुम

फूलों के बीच खड़ी हो। जब भगवान ही तुम्हारे जीवन में खुशियाँ भरना चाहते हैं। तो तुम दुःख का दामन पकड़े क्यों खडी हो। मैं समझती हूँ, तुम्हारे माँ-पापा का स्थान कोई नहीं ले सकता। पर अगर तुम्हारी ज़िंदगी के दरवाजे पर इतनी सारी खुशियाँ दसतक दे रहीं हैं। तो तुम दरवाज़ा क्यों नहीं खोलती। क्यों उन खुशियों को अपनी ज़िंदगी में नहीं आने देती।

मैं जानती हूँ कि तुम्हारे चेहरे की ये प्यारी सी मुस्कान असली नहीं है।(प्यार से सिर पर हाथ फेरते हुए) तुम्हारी आँखों का दर्द मुझे साफ झलकता है। तुम्हारे दिल में कितनी तकलीफ है इसका आभास तो मुझे कल ही हो गया था। क्या करू माँ हूँ न। माँ की आँखों से भला कुछ छिप पाया है। मुझे साफ नजर आ रहा है कि तुम आज भी अपने माँ-पापा को कितना याद करती हो। उनका नाम लेते ही तुम्हारी आँखें नम हो जाती हैं। पर क्या तुम्हें इस तरह उदास देख उन्हें सुकून मिलेगा। क्या तुम्हारी आँखों में आँसू देख उन्हें खुःशी मिलेगी? नहीं न, तो बस हँसो और मुस्कुराओ। वो तुमसे दूर नहीं हैं। तुम्हारे दिल में ही तो रहते हैं। और जो लोग हमारे दिल में रहते हैं। उनके लिए रोया नहीं करते।

अंश की माँ की बात सुनकर वह बहुत अच्छा महसूस करने लगी। उसे लगा जैसे खुद उसकी ही माँ उसके सामने खड़ी हो। उसकी आँखें भर आईं। उनकी बातों को सुन वह खुद को रोक न पाई और उनके गले लग गई।

उन्होंने उसे चुप कराया। उसे लाड लडाया, और बाद मैं अपने हाथों से खाना भी खिलाया।

ये सब देख आयुषी बहुत खुःश हो रही थी। उसे एक नई माँ मिल गई थी जो बिल्कुल उसकी माँ की तरह प्यार कर रही थी। उनके साथ उसे एक जुड़ाव महसूस हो रहा था। जो उसने आज तक राधिका की मम्मी के लिए भी महसूस नहीं किया।

राधिका के मम्मी-पापा ने उसे प्यार तो बहुत दिया। पर फिर भी उसे एक खालीपन सा महसूस होता था। जो वो कभी नहीं भर पाए। वह सबके साथ होकर भी खुद को अकेला ही महसूस करती थी। लेकिन आज ऐसा नहीं है। वह अंश की माँ के साथ भी वैसा ही जुदाव महसूस करती है, जैसा

वह अपनी माँ के साथ करती थी।

जब आयुषी ऑफिस जाने के लिए निकल ही रही होती है, तब उसे अंश की माँ एक बात समझाती हैं। जो उन्होनें अंश को भी समझाई थी। वह बोलती है,"बेटा ये करोबार है। यहाँ कभी दिल से मत सोचना। दिल से सोचोगी, तो हो सकता है। कोई तुम्हारी अच्छाई का फायदा उठाने की कोशिश करे। इसलिए इस मामले में दिमाग की ही सुननी चाहिए। हो सकता है तुम्हें थोड़ी शक्ति भी बरतनी पड़े। तो कभी नरमाई से भी काम चलाना पड़े। पर इन सब के बारे में सिर्फ दिमाग की सुनकर ही फैसला करना। दिल की नहीं।

सबके बारे में सोचना अच्छी बात है।तुम दिल से उनकी भलाई के बारे में सोचो। इसमें कुछ गलत नहीं। पर फैसले दिल से नहीं लिए जाते। चलो मैं तुम्हें एक उदाहरण देती हूँ। मानलो तुम अंश को बिना कुछ सोच विचार किए एक आदेश देती हो। वो तुम्हारा P.A है इसलिए तुमसे कोई सवाल नहीं करेगा। और चुप-चाप तुम्हारी बात मान लेगा। लेकिन अगर वो फैसला सही नहीं हुआ। तो न केवल तुम्हें पीड़ा होगी अपितु अंश भी खुःश नहीं रह पाएगा। वह खुद को ही दोषी मानने लगेगा। अक्सर दिल से लिए फेशलों में 2 से ज़्यादा लोगों की खुशियाँ दाव पर लग जाती हैं। अब में उम्मीद करती हूँ तुम्हें मेरी बात समझ आ गई होगी। आज तुम्हारा पहला दिन है। अच्छे से काम करना।(व्यंग्य पूर्वक) और अगर मेरा बेटा तुम्हें अच्छे से न सिखाए, तो मुझे बताना। मैं इसकी ख़ूब ख़बर लुँगी। इसे मुर्गा बना दूँगी।

आयुषी- (मुस्कुराते हुए) इसकी नौहबत नहीं आएगी माँ। आपका बेटा बहुत होनहार है। अपनी ज़िम्मेदारी बखूबी निभाना जानता है। और रही मेरी बात तो आप चिंता न करें। मुझे आपकी बात समझ आ गई है।

अंश - (अंश आयुषी से बोलता है) मैम, अब हमें चलना चाहिए।

आयुषी- हाँ।

रास्ते में, आयुषी मन-ही-मन सोच रही होती है कि उसे अंश से कुछ नहीं पूछना चाहिए। क्योंकि अगर वह ये कहती है कि उसे अंश से प्यार है। तो हो सकता है उसकी खुःशी के लिए, वो उससे शादी भी करले। पर क्या वो उसके साथ खुःश रह पाएगा?

अचानक ही अंश कार रोक देता है।

आयुषी- क्या हुआ? यहाँ क्यों रोक दी?

अंश- मैम, पहले तो आप मुझे ये बताइये की आप इतनी परेशान क्यों लग रही हैं।

आपको पता है? अगर हम किसी से अपना दुःख, अपनी परेशानी बाँटते हैं तो वो कम होता है। आप मुझे बता सकती हैं। मैं किसी से नहीं कहूँगा। मेरा वादा है।

आयुषी - नहीं। ऐसा कुछ नहीं है। आज मेरा पहला दिन है इसलिए थोड़ी घबरा रही हूँ और कुछ नहीं।

अंश- मैम, आप मुझपर भरोसा रखिए। मुझे सर ने ही तो सिखाया है। मैं आपकी उनकी तरह बनने में पूरी सहायता करुँगा। आप भी बहुत जल्द सब कुछ सीख जाएँगी और सब कुछ खुद ही संभाल लेंगी। मुझे पूरा भरोसा है।

आयुषी- पहले तो, तुम मुझे बार - बार मैम बोलना बंद करो। तुम मुझे व्यापार सिखाने वाले हो न। तो क्या हम दोस्त बनकर नहीं रह सकते?

अंश - वो .. मैम ...

आयुषी - (गुस्से से देखती हुई) क्या?

अंश - अच्छा-अच्छा! ठीक है। मैं अब तुम्हें मैम नहीं बोलूँगा। अच्छा तो फिर आयुषी चलेगा?

आयुषी - नहीं। आयुषी मैं और लोगों के लिए हूँ। अपने दोस्तों के लिए नहीं। मुझे सब लोग प्यार से आयु कहते हैं। तुम भी वही बोलो। मुझे अच्छा लगेगा ।

अगर मंजूर है, तो मैं तुमसे सीखने के लिए तैयार हूँ। नहीं तो अभी बता दो। मैं पापा को बोल दूँगी तुमने मना कर दिया।

अंश- अरे बाप रे! मैं तुम्हें कितना सीधा समझ रहा था। पर तुम तो जलेबी निकलीं।

आयुषी - अच्छा! तो अब मैं मैम से जलेबी हो गई।

अंश- नहीं-नहीं! ऐसा नहीं है।

आयुषी- तो केसा है? हम्म...

अंश - वो..वो ..

आयुषी - (हँसते हुए) अरे-अरे ! मैं तो मज़ाक कर रही थी। तुमने तो दिल से ही लगा लिया।

अंश - (मुस्कुराते हुए) तुमने तो डरा ही दिया था।

आयुषी- दोस्ती में तो ये बहुत आम बात है।

अच्छा सुनो! अब हम दोस्त हैं। सही कहा न? तो हमारी दोस्ती का नाम क्या है?

अंश- मतलब?

आयुषी- मतलब ये। जैसे राधिका और मेरी दोस्ती का नाम है "राशी"। राधिका + आयुषी।

वैसे ही हमारा भी तो होना चाहिए न? तभी तो दोस्ती होगी।

अंश - हम्म ....

आयुषी और अंश दोनों ही बहुत नाम सोचते हैं, पर किसी भी एक नाम को तय नहीं कर पाते। कभी आयुषी को पसंद नहीं आता, तो कभी अंश को। और आखिर कार बहुत सोचने के बाद दोनों एक साथ बोलते हैं - आयांश।

आयुषी- हाँ, आयांश बहुत प्यारा नाम है। बिल्कुल हमारी दोस्ती की तरह।

अंश- (होठों पर मुक्राहट लिए आयुषी को प्यार भरी नजरों से देखता है)

आयुषी - अंश कहाँ खो गए?

अंश- कहीं नहीं। बस तुम्हें खु:श देखकर मुझे अच्छा लग रहा है। एक बात कहूँ?

आयुषी - हाँ बोलो।

अंश- तुम्हारी मुस्कान बहुत प्यारी है। ऐसे ही हँसती रहा करो। अच्छी लगती हो।

आयुषी- (मन में- ये बात तो मैं 15 सालों से तुम्हारे ही मुह से सुनती आ रही हूँ। पर पता नहीं ये सुनकर मुझे आज ज़्यादा खु:शी क्यों हो रही है?) मैं जानती हूँ। सब मुझे यही बोलते हैं। मेरे पापा तो ये तक बोलते थे कि मेरे चेहरे की ये मुस्कान रोते हुए को भी हँसा दे, ऐसी है।

(अंश की तरफ प्यार से देखते हुए) पर पता नहीं मेरी इस मुस्कान को

यूँही बर-करार रखने वाला कब मेरा हाथ थामेगा।

अंश- तो चलो।

आयुषी- (आश्चर्य से) कहाँ?

अंश - (मंदिर की तरफ इशारा करते हुए) वहाँ।

आज तुम्हारा पहला दिन है। और हमारी संस्कृति के हिसाब से अच्छे काम से पहले हमें भगवान के चरणों में सर झुकाना चाहिए। उनका आशीर्वाद लेना चाहिए। हमारा काम सफल हो जाता है। उनमें आने वली अरचनों से डट कर सामना करने की हिम्मत मिलती है।

(मुस्कुराते हुए)इन्हीं से तुम अपने उस साथी को भी माँग लेना।

आयुषी - (हँसते हुए) अंश तुम मुझे ऐसे समझा रहे हो, जैसे मुझे कुछ पता ही नहीं।

क्या है न, मैं हिंदुस्तान से दूर जरुर चली गई थी, पर मेरे हिंदुस्तान ने मुझे खुद से दूर कभी किया ही नहीं।

मेरे जीवन में एक ऐसा खूबसूरत शख्स है। जिसने कभी मुझे मेरी संस्कृति से दूर जाने ही नहीं दिया। उसने न केवल मुझे संभाला बल्कि मेरी ज़िन्दगी खुशियों से भर दी।

अंश - कौन है ये। ऐसे शख्स से तो मुझे भी मिलना है।

आयुषी- इंतज़ार करो। बहुत जल्द मिलाऊँगी।

अंश - अच्छा ठीक है। पर अभी हम मंदिर तो चले।

आयुषी- हाँ चलो।

दोनों मंदिर चले जाते हैं और अपनी आगे की ज़िंदगी के लिए प्रार्थना करते हैं। आयुषी भगवान से बस एक ही प्रार्थना करती है,

"भगवान, अगर यही (अंश) मेरा प्यार; मेरे सपनों वाला इंसान है। तो जिस तरह मैं इसे चाहती हूँ।ये भी मुझे चाहने लगे। वह भी मेरे लिए वैसा ही महसूस करने लगे, जैसा मैं उसके लिए करती हूँ।"

वहीं दूसरी तरफ अंश भी आयुषी के लिए ही प्रार्थना करता है। वो भगवान से बोलता है,

"भगवान, मुझे इतनी हिम्मत देना कि मैं आयुषी के सारे घाव भर सकूँ। उसकी ज़िंदगी को खुशहाल बना सकूँ, ताकि वह अपना अतीत भूल अपने वर्तमान को गले लगा ले। अपने सारे दुःख- दर्द भूल सके। वो जब

हँसती है, तो मुझे एक अजीब - सा जुड़ाव महसूस होता है। जैसे मैंने ये हँसी पहले भी कहीं देखी हो। जैसे वो सिर्फ मेरे लिए ही हँसती हो। उसका हँसना, मुझसे बात करना, ये सब मुझे उसकी ओर ही खींचता है। इसलिए आप मुझे कोई इशारा दें। क्यों मैं आयुषी की तरफ ही खीचा चला जा रहा हूँ? क्यों उसके साथ रहना मुझे इतना भाता है? क्यों उसकी बात मेरे दिल को छू जाती है? आखिर क्यों मेरा उसे बार - बार देखने का मन करता है? मैं जानता हूँ कि ये सब सोचना मुझे शोभा नहीं देता। क्योंकि वो मेरी ज़िम्मेदारी है। मुझे बस उसका ख्याल रखना है। उसे व्यापार सिखाना है; न की उससे प्यार करना है। मैं इस कदर अपने कर्तव्य से भटक नहीं सकता।

ये सब जानते हुए भी पता नहीं क्यों मैं खुद को उसके पास जाने से रोक ही नहीं पाता हूँ।

प्रभु! अब आप ही मुझे राह दिखाए।

इसके बाद वे दोनों अपने ऑफिस चले जाते हैं । अंश आयुषी को धीरे - धीरे सारा काम समझाने लगता है। दोनों की दोस्ती दिन पर दिन गहरी होती जाती है। दोनों एक - दूसरे के साथ खुःश रहने लगते हैं। एक - दूसरे के लिए जीने लगते हैं। आयुषी भी केवल अंश के लिए ही सजने - सवरने लगती है। वह आयुषी जिसे सादगी से प्यार था। जो कभी काजल लगाना भी पसंद नहीं करती थी। अब वही आयुषी सिर्फ अंश के लिए ही तैयार होने लगी। वो सब करने लगी जो अंश को अच्छा लगता है। तो वहीं, अंश भी आयुषी के लिए ही जीने लगा। अपना हर पल उसके साथ ही बिताने लगा।

आयुषी को इतना खुःश देख , उसने आयुषी के जीवन से हर उस दुःख को मिटाने का सोच लिया जो उसे दर्द देता था। जिनकी वजह से उसकी आँखे नम हो जाती थी।

आयुषी भी अपने जीवन में अंश को बहुत महत्व देने लगी। उसकी बातें मानने लगी। आयुषी अंश से इतना प्यार करने लगी कि सपनें में भी उसे दुःखी नहीं देख सकती थी। दोनों के लिए ही एक - दूसरे की खुःशी बहुत मायने रखती थी।

यही कारण है कि सिर्फ अंश की खुःशी के लिए आयुषी ने 15 साल बाद

एक - बार फिर अपना जन्मदिन मनाया।

पहले तो वह अपना जन्मदिन मनाने के लिए बिल्कुल तैयार ही नहीं हुई थी। क्योंकि उसने इस दिन अपने पूरे परिवार को खोया था। जिन्हें वो अपनी जान से भी ज़्यादा प्यार करती थी। पर अंश ने भी ठान रखा था कि वो उसे इस दुःख की छाव से बाहर जरूर निकालेगा और खुशियों का एक नया सूरज दिखाएगा। उसे अब उनकी (माँ - पापा) याद में और तड़पने नहीं देगा। उसने आयुषी के लिए वो सब कुछ किया जिससे उसे (आयुषी) खु:शी मिल सके। और वो दिन जिसे वो अपनी ज़िंदगी का सबसे बुरा दिन समझती थी, उसे वह दूसरे नजरिए से देखने लगे। और यही दिन उसकी ज़िंदगी का सबसे अच्छा दिन बन जाए। आज तक इस दिन से जुड़ी आयुषी की बस कुछ कड़वी यादें ही थी। पर अंश ने आज उसे बहुत सारी मीठी यादें दी , जिन्हें याद कर उसके चेहरे पर मुस्कान आ जाती है।

अंश उसे अपने सबसे खास बगीचे में ले गया। जहाँ दूर - दूर तक सिर्फ और सिर्फ खूबसूरत फूल ही नजर आते थे। उन फूलों को देख आयुषी बहुत खु:श हुई और सब कुछ भूलकर किसी नन्हे बच्चे की तरह खु:शी से पूरे बगीचे में घूमने लगी।

अंश ने उपहार स्वरूप उसे एक खास परफ्यूम भेट किया। जो उसने खुद अपने हाथों से खास आयुषी के लिए ही बनाया था। आयुषी ने उसे एक बार कहा था कि उसे उन गुलाबों की महक बहुत पसंद है। वो हर पल उनके आस - पास ही रहना चाहती है। क्योंकि उनकी महक से उसके मन को बहुत सुकून मिलता है। इतना सुकून तो उसे बस उसके माँ–पापा की गोद में ही मिलता था। उन फूलों को देख वो खुद को उनके(माँ - पापा) करीब पाती है और उनसे कभी अलग नहीं जाना चाहती। बस उसकी यही बात सोचकर अंश ने आयुषी के लिए उन फूलों जैसी महक वाला एक परफ्यूम तैयार किया। और देते समय उसने कहा, "आयु हो सकता है फूल तुम्हारे साथ हर पल न रहें पर अब उनकी महक तुम्हें कभी अकेला नहीं छोड़ेगी। इसे लगाकर तुम उतना ही सुकून महसूस करोगी जितना उन फूलों को देखकर करती हो। इसकी महक से तुम्हें हर पल अपने आस पास अपने माँ - पापा की मौजूदगी का एहसास होगा। तुम खुद को कभी

अकेला महसूस नहीं करोगी।" ये सुनकर आयुषी ने अंश को गले लगा लिया और बोला, मैं जानती थी तुम मेरी ज़िंदगी से हर उस दुःख को बाहर निकाल दोगे जो मुझे तकलीफ देता है।

आयुषी- तुम जानते हो अंश? मेरे माँ- पापा मेरे हर जन्मदिन पर हमारे बगीचे में खुशबूदार गुलाब के फूलों का एक पौधा लगाते थे। और उनकी बड़ी लगन से देख भाल भी किया करते थे। वो हमेश से यही चाहते थे कि मैं उन फूलों को देख उनकी तरह, बस यूँहीं खिलखिलाती रहूँ। हमेशा खुःश रहूँ।

जैसे - जैसे वे पोधे बड़े होने लगे। उनमें फूल खिलने लगे। उसकी महक से सारा आँगन महक उठा था। और मैं खुद को उनके पास जाने से कभी रोक ही नहीं पती थी। मेरा ज्यादा तर समय वहीं बगीचे में ही कटता था। मैं वहीं खेला करती थी। मुझे वहाँ बेठा देख माँ - पापा भी मेरे पास आ जाते थे। हम तीनों एक साथ अपने बगीचे में बेठकर वहीं कुछ न कुछ खेलते रहते थे। तभी से मुझे फूलों से प्यार हो गया। जब मैंने तुम्हारे घर के आगे बगीचा देखा, तो मुझे एक बार फिर से अपना बचपन याद आ गया था। किस तरह मैं पापा के साथ लुका-छुपी खेलती थी। पता है! मैं फूलों के पीछे छुप जाती थी। (मुस्कुराते हुए) और ये सोचती थी कि पापा मुझे ढुँढ़ ही नहीं पाएँगे। वैसे पापा भी मुझे ढुँढने का बहुत अच्छा नाटक करते थे।

(निराश होकर नम आँखों से) पता नहीं कहाँ चले गए वो दिन....
अंश- न तो वो दिन कहीं गए। न तुम्हारे माँ- पापा। वो आज भी तुम्हारे दिल में रहते हैं। तुम्हारे आस - पास रहते हैं। तुमें उदास देख वे खुद भी दुःखी होते हैं। अब अगर तुम आज भी यूँही रोती रहोगी। अपने इतने सुंदर दिन को यूँही कोसती रहोगी, तो क्या वे खुःश होंगे? नहीं आयु, बिल्कुल नहीं। तुम्हें खुःश रहना चाहिए। अपने लिए नहीं तो कम से कम उनके लिए जो तुम्हें चाहते हैं। तुमसे बहुत प्यार करते हैं। जो तुम्हें हँसता देख खुद भी हँसते हैं। जिनके लिए तुम उनकी दुनिया हो।
अच्छा ये सब छोड़ो आज हम सिर्फ वो बातें करेंगे जिनसे तुम्हारे चेहरे पर सिर्फ और सिर्फ मुस्कान आए।
आयुषी- (मुस्कुराते हुए) अच्छा ठीक है। अब मैं और उदास नहीं हूँगी।

खु:श?

अंश- हाँ, बहुत।

वैसे अभी रात होने में वक़्त है न।

आयुषी- हाँ, तो?

अंश- आयु, क्या तुम मेरे साथ लुका-छुपी खेलोगी?

आयुषी- (प्यार से देखते हुए) हाँ जरूर।

अंश क्या सच में तुम मेरे साथ खेलना चाहते हो?

अंश- मैं हर वो काम करना चाहता हूँ जिससे तुम्हें खु:शी मिलती है। तुमे पता है, तुम्हारी ये मुस्कान मेरे लिए मेरा एनर्जी डोज़ है। इसे देख में एक दम तंदुरूस्त हो जाता हूँ।

वे एक - दसरे के साथ बहुत खु:श रहने लगे। एक - दसरे को बहुत अच्छे से समझने भी लगे थे। अंश के कुछ भी बोलने से पहले ही आयुषी समझ जाती थी, और आयुषी के कुछ भी कहने से पहले ही अंश। दोनों का रिश्ता इतना मजबूत होने लगा था कि दोनों एक - दसरे की आहट तक पहचानने लगे थे।

अंश को इतना खु:श देख एक दिन उसकी माँ की आँखें नम हो गईं। आयुषी उन्हें इस अवस्था में देख उनसे इसकी वजह पूछती है। तो वह जवाब देती हैं ," ये तो खु:शी के आँसू हैं। आज अंश को मैंने पहली बार इतना खु:श देखा है। आज 15 साल बाद मेरा बेटा एक बार फिर दिल से हँसा है। उसकी मुस्कुराहट में आज पहली बार मुझे कोई दर्द नजर नहीं आता। बस ये सब देखकर मेरी आँखें नम हो गईं।"

ये सब सुनकर आयुषी जिज्ञासा पूर्वक पूछती है कि ऐसा क्या हुआ है अंश के साथ, जो वो 15 सालों से खुलकर हँसा ही नहीं।

अंश की माँ – रहने दो बेटा। तुम विश्वास नहीं करोगी।

आयुषी– क्यों। मैं क्यों विश्वास नहीं करूँगी? आप मुझे बेटी बोलती है न। माँ कुछ बोले और बेटी विश्वास न करे। ऐसा कैसे हो सकता है? आप मुझे एक बार बताएँ तो सही। हो सकता है मैं आपकी कुछ मदद कर पाऊँ, अंश को खु:श रखने में।

माँ आप ही कहती हैं न कि दर्द बाँटने से कम होता है। तो मुझे बताओ , आपको अच्छा महसूस होगा।

आप सब मुझे इतना प्यार करते हैं, मेरी आँखों में कभी एक आँसू तक नहीं आने देते।

तो क्या मैं आपके लिए इतना भी नहीं कर सकती? आप मुझे एक बार बताइए तो सही। अंश को क्या परेशानी है? क्या हुआ है उसके साथ पिछले 15 सालों में, जो वो हँसना तक भूल गया ?

माँ– तुम इतनी ज़िद कर रही हो, तो सुनो। मेरा बेटा अंश बहुत हँसमुख था। हमेशा हँसता मुस्कुराता रहता था। जब वह 10 साल का था तब पता नहीं कैसे उसके सीने में बहुत भयंकर दर्द उठा, जो वह बर्दाश्त नहीं कर पा रहा था। उस दिन वो बहुत रोया। बार-बार जोर-जोर से बस एक ही शब्द चिल्ला रहा था। माँ-माँ। मुझे वो दिन अच्छे से याद है जब वह मेरी गोद में सोता हुआ अपनी तड़प भरी आवाज में माँ–माँ बोल रहा था। उसकी एक-एक आवाज मेरा सीना चीर रही थी। वो मेरी गोद में ही था और दर्द के मारे बुरी तरह तड़प रहा था। उसकी ये हालत मुझसे देखी नहीं जा रही थी। तब अंश के पापा उसे अस्पताल ले गए। पर वहाँ भी कुछ नहीं हुआ। डॉक्टर भी इस दर्द की वजह समझ नहीं पाए। उनकी कोई भी दवाई काम नहीं आ रही थी। मेरा बेटा 10 दिन तक यूँही तड़पता रहा। मुझसे वो देखा नहीं जा रहा था, इसलिए मैं मंदिर चली गई।

भगवान से अपने बेटे की सलामती की प्रार्थना करने के लिए।

वहाँ मेरी मुलाकात एक बहुत बड़े ज्योतिषी से हुई। वो मुझे देखते ही बोले.....

ज्योतिषी - बेटा, तुम चिंता मत करो उसे कुछ नहीं होगा। पर उसे ये दर्द सहना ही पड़ेगा। ये दर्द उसने खुद ही माँगा है।

माँ- मैं कुछ समझी नहीं बाबा।

ज्योतिषी - बैठो मैं तुम्हें समझाता हूँ।

ये उसके पिछले जन्म की कहानी है इसका नाम प्रीतम था और इसकी पत्नी का नाम प्रिया। ये दोनों एक-दूसरे से बहुत प्यार करते थे। प्रीतम और प्रिया दोनों ही भगवान विष्णु की पूजा किया करते थे उनके बहुत बड़े भक्त थे।

जब प्रिया पाँच साल की थी, तब से वो अपनी सौतेली माँ के साथ रहने लगी थी। जो उसे बहुत प्रताड़ित करती थी। उन्होंने उसका जीवन एक-

दम नरक बना रखा था। वो उसे बात-बात पर मारने लगती थी। प्रिया उनसे बहुत डरने लगी थी उन्हें देखते ही काँप जाती थी। धीरे - धीरे उसके मन - मस्तिस्क में उनका डर बैठ गया और वह अकेले में भी बस डरती रहती थी।

प्रिया रोज सुबह भगवान विष्णु के मंदिर जाती थी। वहीं पर उसकी मुलाकात प्रीतम से हुई धीरे -धीरे प्रीतम को प्रिया से प्रेम होने लगा। वो उसे चाहने लगा। प्रिया को भी वो अच्छा लगने लगा था पर अपनी सौतेली माँ के डर से वो चुप रहती थी।

एक दिन प्रिया की सौतेली माँ का देहांत हो गया, और वह अकेली रह गई। तब प्रीतम ने उसका हाथ थामा, और सारे रीति - रिवाजों से उसे अपनी पत्नी बना लिया। कुछ दिन दोनों एक - दूसरे के साथ बहुत खुःश रहे।

पर फिर कुछ दिन बाद प्रिया को अपनी सौतेली माँ के सपने आने लगे जिनको देखकर वो डर जाती थी। उसकी माँ सपने में भी उस पर अत्याचार करती थी। धीरे -धीरे उसका सपना भ्रम में परिवर्तित होता गया। उसे उसकी माँ हर तरफ नजर आने लगी। वह पागल होने लगी थी। प्रीतम से ये सब देखा नहीं जा रहा था। उसने बहुत कोशिश की उसके मन से डर निकालने की। पर हर बार नाकामयाब हो जाता था। वो इस कदर डरती कि उसे संभालना मुश्किल हो जाता था। वो उसे बहुत सारे चिकित्सकों के पास भी लेकर गया, पर वहाँ भी कुछ नहीं हुआ। प्रीतम ने उसकी ज़िंदगी में खुशियाँ भरने की, न जाने कितनी कोशिश की। पर प्रिया के मन से डर कभी नहीं निकाल पाया।

उसने भगवान विष्णु के सामने भी उसके लिए प्रार्थना की, पर फिर भी कुछ नहीं हुआ। बेचारा प्रीतम जिसे वो जान से भी ज़्यादा प्यार करता था उसे इस हालत में देख नहीं पा रहा था। वह भी टूटने लगा था। उससे अब और बर्दाश्त नहीं हो रहा था। उसने एक फैसला कर लिया। और भगवान विष्णु के मंदिर में प्रिया के साथ प्रसाद में जहर मिलाकर खा लिया। उन्हें लेने खुद भगवान आए थे । वे न तो स्वर्ग में जा सकते थे, न ही नरक। क्योंकि उनकी अकाल मृत्यु हुई थी। इसलिए भगवान खुद आए और बोले-

भगवान - क्या तुम्हारा मुझ पर से अब विश्वास टूट गया है? जो तुमने जहर पी लिया। क्यों किया तुमने ऐसा?

प्रीतम - नहीं प्रभु, ऐसा नहीं है। बस अब मुझ में प्रतिक्षा करने की हिम्मत नहीं बची थी। इसलिए मुझे ये कदम उठाना पड़ा।

भगवान - प्रीतम, क्या तुम नहीं जानते? इंसान को अपने कर्मों का फल अवश्य मिलता है। उसे कितना सुख मिलेगा, कितना दुःख, ये उसके कर्मों से निर्धारित होता है।

प्रिया ने भी अपने पिछले जन्म में कुछ ऐसे अनिष्ट कार्य किये हैं जिनके परिणाम-स्वरूप उसे इस जीवन में इतनी पीड़ा मिल रही थी। ये सब तो भाग्य का लिखा है इसे कोई नहीं बदल सकता। सबको अपने कर्मों का फल यहीं पृथ्वी पर ही चुकाना पड़ता है।

अभी प्रिया के दुःखों का घड़ा भरा नहीं था। उसके दुःखों की अवधि अभी समाप्त नहीं हुई थी।

अब तुम्हारे इस कदम से उसे आगे भी बहुत दुःखों का सामना करना पड़ेगा।

प्रीतम - भगवान मुझे क्षमा करे मैंने ये सब नहीं सोचा। मैं तो बस ये चाहता था कि प्रिया को अब और दुःख न झेलना पड़े। मैं उसे इस तरह तड़पता नहीं देख सकता। दया करो प्रभु! दया करो!

भगवान - इस जीवन में तुम दोनों ने मेरी पूरे दिल से अराधना की है। उससे मैं बहुत खुश हूँ। इसलिए मैं तुम्हें वरदान माँगने को कहता हूँ। माँगो तुम्हें जो माँगना है। पर ध्यान रहे, तुम ऐसा कुछ मत माँगना जो मैं दे न सकूँ। प्रिया को तो वो दुःख सहना ही पड़ेगा जो उसका इस जीवन में शेष रह गया है।

प्रिया - भगवन! मैं वो सारे दुःख झेलने को तैयार हूँ, जो मेरे इस जन्म में शेष रह गए है। पर मैं आपसे एक विनती करना चाहती हूँ कि आप मेरे साथ -साथ मेरे स्वामी "प्रीतम " को भी दुबारा इस धरती पर जन्म लेने दें। मैं उनके साथ जीवन जीना चाहती हूँ जो मैं इस जन्म में नहीं जी पाई।

भगवान - तथास्तु!

प्रीतम - भगवान आप मेरे हिस्से का पुण्य भी प्रिया को दे दे। इसने बहुत

दुःख झेले हैं। मैं नहीं चाहता इसे और दुःख झेलना पड़े।

प्रिया - नहीं प्रीतम आप ऐसा नहीं माँग सकते। आपने जो पुण्य कमाए, वो मैं कैसे ले सकती हूँ।

प्रीतम - तुम मेरी जीवनसंगिनी हो। मेरे सभी पुण्यों का फल तुम्हें मिलना चाहिए।

प्रिया - पर

प्रीतम - बस प्रिया अब और कुछ नहीं मेरा फैसला अटल है।

क्या आप ऐसा कर सकते हैं, भगवन?

भगवान - हाँ -हाँ! क्यों नहीं? शादी एक ऐसा पवित्र बंधन होता है जिसमें पति पत्नी एक - दूसरे के पाप -पुण्यों का फल भोग सकते हैं। इसलिए तथास्तु।

मैं इसके फलस्वरूप तुम्हें भूत योनी से मुक्त करता हूँ और अपने लोक भेज देता हूँ।

सही समय आने पर तुम धरती पर जन्म लोगी और अपने पति (प्रीतम) के साथ जीवन व्यतीत करोगी।

प्रिया - भगवान में अपने पति के बिना बैकुन्ठ में अकेली क्या करूँगी। वो यहाँ भूत योनी में रहेंगे और मैं वहाँ बैकुंठ में!

नहीं ये सही नहीं!

भगवान - तुम चिंता मत करो शीघ्र ही प्रीतम को भी भूत योनी से मुक्ति मिल जाएगी।

अब तुम मेरे लोक बैकुंठ जाओ और वहीं रहकर सही समय का इंतजार करो।

(भगवान उसे वहाँ से सीधा बैकुंठ पहुँचा देते हैं।)

तुम्हें और कुछ कहना है क्या, प्रीतम?

प्रीतम - आपसे कहाँ कुछ छुपा है, प्रभु। आपसे एक और विनती है। प्रिया के आधे दुःख आप मुझे दे दे। उसने इस जीवन में अकेले ही बहुत दुःख झेला है अब और नहीं । मैं उसके दुःखों को भी बाँटना चाहता हूँ। मैं नहीं चाहता कि मेरे इस नए जीवन में एक बार फिर से इतिहास दोहराया जाए।

अभी आपने ही कहा न, पति -पत्नी एक-दूसरे के पाप -पुण्य का फल

भोग सकते हैं। तो प्रिया के पापों का फल मैं क्यों नहीं? मैं आपसे अनुरोध करता हूँ कि आप मुझे प्रिया के आधे दुःख दे दे। मेरी विनती स्वीकार कीजिए प्रभु।

भगवान - तथास्तु। पर तुम्हें उसके लिया कुछ करना होगा।

प्रीतम - आप जो बोलेंगे मुझे मंजूर है प्रभु, पर मैं प्रिया को और दुःखी में नहीं देख सकता।

भगवान - ठीक है। तो सुनो तुम्हें यहीं इसी मंदिर में बैठकर जन्माष्टमी तक मेरी अराधना करनी पड़ेगी। उस दिन एक गर्भवती महिला यहाँ मेरे दर्शन करने आएगी। तुम्हें उसके गर्भ में समाना होगा। उसके गर्भ में समाते ही तुम भूत योनी से मुक्त हो जाओगे और तुम एक साधारण इंसान बन जाओगे।

प्रीतम - आपको कोटि कोटि नमन भगवान। आपको कोटि कोटि नमन।

ज्योतिषी– ऐसा कहकर भगवान अंतर्ध्यान हो गए। प्रीतम वहाँ उनकी अराधना में लीन हो गया और भगवान के कथन अनुसार वो आपके गर्भ में समा गया और भूत योनी से मुक्त हो गया। वह अपने पिछले जन्म को भी भूल गया। तुमने उसका नाम अंश रखा था।

तत्पश्चात 1 साल बाद तुम एक बार पुनः गर्भवती हुईं। यहाँ तुम्हारा छटवा महीना चल रहा था तो वहाँ प्रिया ने भी धरती पर जन्म ले लिया। उसके बाद क्या हुआ उसका आधा सच तो तुम्हें पता ही है।

जब तुम्हारा आठवाँ महीना चल रहा था, तब अंश छत से गिरकर बुरी तरह घायल हो गया था। फिर तुम उसे अस्पताल लेकर गईं। वहाँ तुम्हारे भी दर्द शुरू हो गए और तुमने एक मरे हुए बच्चे को जन्म दिया।

एक तरफ अंश ने अपना दम तोड़ा, तो वहीं दूसरी तरफ तुम्हारे छोटे बेटे में प्राण आ गए। उसने रोना शुरू कर दिया।

सब इसे चमत्कार समझ रहे थे। पर असलियत में ये सब प्रभु की ही लीला थी। प्रीतम ने ही अंश के शरीर का त्याग कर तुम्हारे छोटे बेटे के शरीर को अपना लिया था।

तुमने अपने छोटे बेटे का नाम अंश इसलिए रखा क्योंकि जिस पल तुमने अंश को खोया उसी पल तुमने इसे खोकर भी पा लिया।

तुम्हें याद है तुम्हारे पति ने तुम्हारे बड़े बेटे का दिल किसी बच्ची की जान

बचाने के लिए दान (डोनेट) कर दिया था। वो और नहीं बल्कि प्रिया ही थी। जैसा भगवान ने प्रीतम को कहा वो कर दिखाया।

प्रीतम प्रिया के दुःख को तब तक महसूस नहीं कर सकता था, जब तक उनके दिल न जुड़े हो।

इसलिए अब जब - जब प्रिया की आँखों से आँसू निकलेगा, वो दुःखी होगी। तब - तब अंश तड़पेगा।

प्रिया का एक - एक आँसू उसके दिल पर घाव करेगा और उसे भी वो दर्द महसूस होगा। वो प्रिया का आधा दुःख बाँटेगा। उसकी आधी पीड़ा को सहन करेगा, इस सत्य को कोई नहीं बदल सकता।

जब प्रिया का दिल ही खुश नहीं रहेगा तो अंश कैसे खुश रह सकता है। जब प्रिया का दिल रोएगा, तो अंश के दिल को सुकून कैसे मिल सकता है।

माँ– इसका क्या उपाय है , बाबा। क्या मेरा बेटा इस तरह ही तड़पता रहेगा? मुझसे तो ये नहीं देखा जाता।

ज्योतिषी– सिर्फ़ तुम्हारा बेटा ही नहीं तड़प रहा। वो बच्ची भी इसी तरह तड़प रही है। सोचो ये तो उसका आधा दुःख ही बाँट रहा है। तब इतना तड़प रहा है। इसका अर्थ उस बिचारी बच्ची पर कितना बड़ा दुःखों का साया है।

इसकी तड़प से उसके दुःख का अंदाज़ा लगाओ।

माँ– मैं एक माँ हूँ। इस तरह अपने बच्चे को टूटता नहीं देख सकती। कोई तो उपाय होगा?

ज्योतिषी– बस भगवान से प्रार्थना करती रहो कि प्रिया खुश रहे। उसके दुःखों के बादल जल्द से जल्द छट जाएँ। और कोई उपाय नहीं है।

अंश की माँ की बातें सुनकर कुछ पल के लिए उसकी (आयुषी) साँसें वहीं थम जाती है। उसे याद आता है जब उसने अपने सीने पर एक घाव का निशान देखा था, तब उसके बहुत पूछने पर उसकी माँ ने बताया था , कि जब वह 2 महीने की थी, तब उसके दिल का ऑपरेशन हुआ था। और जो दिल उसके अंदर धड़कता है वो उसका नहीं किसी और का है। वो मन ही मन रोते हुए सोचती है कि सिर्फ उसकी वजह से आज तक अंश इतना दर्द सहता आया है।

ये सब बताकर आयुषी की मम्मी तो वहाँ से चली जाती हैं। पर वो वहीं बैठी रह जाती है और सारी बातें सोचने लगती है। ये सब सुनकर उसे ये एहसास होता है कि वही प्रिया है। वही है, जिसके आँसुओं की पीड़ा अंश आजतक सहता आया है।

आयुषी को अकेला बैठा देख अंश उसके पास जाता है। और उससे पूछता है कि तुम अकेली क्यों बैठी हो। तब वो बिना कुछ सोचे सीधा उसे गले लगा लेती है। उसकी आँखें नम हो जाती हैं।

अंश कुछ समझ नहीं पाता। वो कुछ देर चुप ही रहता है।

आयुषी के रोने की वजह से अंश के सीने (दिल) में एक बार फिरसे दर्द होने लगता है। पर वो अपने दर्द को छिपाकर आयुषी को संभालते हुए (अपनी दर्द भरी आवाज में) पूछता है, "क्या हुआ आयु? तुम परेशान लग रही हो? तुम्हारी आँखों में ये आँसू कैसे?

आयुषी– (उसकी दर्द भरी आवाज सुनकर चिंतित हो, वो पूछती है) क्या हुआ अंश? तुम ऐसे क्यों बोल रहे हो? तुम ठीक तो हो?

अंश– हाँ, बस अचानक से सीने में थोड़ा दर्द उठ गया था। पर अब ठीक हूँ। तुम मेरी चिंता न करो। तुम बताओ, तुम क्यों रो रही हो?

आयुषी– (प्यार भरी नज़रों से देखते हुए बोलती है) सॉरी सॉरी! मैं अब नहीं रोऊँगी। मुझे माफ करदो। मैं जानती हूँ। इन आँसूओं ने तुम्हें बहुत पीड़ा दी है। आज के बाद मैं कभी दुःखी नहीं होऊँगी, न ही कभी रोऊँगी। मेरे कारण तुम्हें आज तक बहुत तकलीफ झेलनी पड़ी है पर अब और नहीं।

उसकी बातें अंश की समझ नहीं आ रही थी। वह समझ नहीं पा रहा था कि आयुषी की वजह से उसे कोनसी पीड़ा सहनी पड़ी है।

वह आयुषी को समझाते हुए बोलता है। तुम बार-बार खुद को कोसना बंद करो। तुम्हारी वजह से मुझे कभी कोई तकलीफ नहीं हुई। बल्कि तुम्हारी वजह से मेरी ज़िंदगी खुशहाल हो गई है।

आयुषी को अब पूरा विश्वास हो गया था कि वह अंश ही है, जिसका वो आज तक इंतज़ार कर रही थी। उसकी वजह से आयुषी की बैरंग दुनिया फिर से रंगीन हो गई है। वही है उसके हर सुख–दुःख का साथी। सिर्फ और सिर्फ वही है।

उसके बाद तो आयुषी ने जैसे रोना ही छोड़ दिया। उसे कितनी भी तकलीफ क्यों न हो, पर उसकी आँखों से एक भी आँसू नहीं निकलता था। वो अपनी दुनिया अंश में ही देखने लगी थी। उसके साथ ही रहती थी। एक पल के लिए भी उसे अपनी नजरों से ओझल नहीं होने देती थी। उसकी बस एक ही कोशिश रहती थी कि जिस तरह उसे अपना अस्तित्व याद आ गया है अंश को भी याद आ जाए और वह आयुषी को अपना ले। वह सारे दिन बस इसी कोशिश में लगी रहती थी। अंश भी आयुषी के बहुत करीब आ गया था। उसे भी आयुषी के बिना रहना पसंद नहीं था । अगर आयुषी को एक छींक भी आए तो वह परेशान हो जाता। उसकी बहुत परवाह करने लगा था। अंश को आयुषी के साथ रहना बहुत भाता था। वह एक पल के लिए भी उससे दूर नहीं हो पता था। दोनों के बीच एक अटूट सा रिश्ता बनने लगा था ।

(1 jan, 2016 - नए साल का दिन)

1 जनवरी को आयुषी ने अपनी कम्पनी में एक समारोह का आयोजन किया उसमें राधिका भी आने वाली थी। उसे लेने के लिए आयुषी ने अंश को भेजा।

अंश उसे लेने चला जाता है।

अंश को देख राधिका भी अपना दिल उसे दे बैठी। उसके दिल की धड़कन तेज होने लगी। उसे लगा की ये उसके लिए बिल्कुल सही लड़का है। वह आकर्षण को प्यार समझ बैठी । अंश की सुंदरता ने उसे (राधिका) को अपनी ओर आकर्षित कर लिया था इसलिए उसे लगा की उसे प्यार हो गया है।

वह उसे प्यार भरी नज़रों से देखकर उससे उसके बारे में पूछने लगी। राधिका को अंश से प्यार होने लगा। वह समारोह में भी अंश को ही देखे जा रही थी।

दूसरे दिन (2 जनवरी) आयुषी के पास जाकर वो उससे बोलती है कि मुझे भारत घूमना है । वो अंश को कुछ दिन के लिए छुट्टी दे दे। आयुषी अंश के बिना नहीं रह सकती थी, पर राधिका की खुःशी के लिए उसने अंश को साथ जाने के लिए बोल दिया। अंश आयुषी को उनके साथ जाने को बोलता है। पर राधिका मना कर देती है। वह बोलती है, "आयु की यहाँ

ज़्यादा जरूरत है, उसे यहीं रहने दो अंश। अभी हम दोनों को ही चलना चाहिए।" ये बोलकर वो अंश को लेकर चली जाती है।

धीरे- धीरे राधिका उन दोनों के बीच आने लगी। उन्हें मिलने भी नहीं देती थी। सारा दिन बस अंश के साथ ही बात करती रहती थी। आयुषी राधिका के सामने अपने प्यार को छुपा रही थी क्योंकि अब तक तो खुद अंश को भी नहीं पता था कि आयुषी उससे कितना प्यार करती है।

दूसरी तरफ अंश भी आयुषी से बात करे बिना तड़प रहा था। उसे आयुषी से बात करनी थी। वह किसी न किसी बहाने से आयुषी के पास जाता, पर राधिका उसे अपनी बातों में उलझा लेती थी।

दोनों एक-दूसरे के लिए बैचेन होने लगे थे।

राधिका बहुत खुले विचारों की थी। वह आयुषी की तरह अपनी भावनाओं को दबा नहीं सकती थी। इसलिए उसने फैसला कर लिया कि अब वह अंश को अपने प्यार के बारे में बता देगी। इसके लिए वह सबसे पहले आयुषी के पास गई और अपने दिल की सारी बात उसे बताने लगी। वह उससे मदद माँगने लगी। उसने बोला -

राधिका - आयु बता न यार। मैं कैसे अंश को अपने प्यार के बारे में बताऊँ। मुझे उससे बहुत प्यार है। मैं उसके बिना नहीं रह सकती। उससे बात करना, उसके साथ रहना। मुझे बहुत अच्छा लगता है। मुझे बस अब अंश चाहिए और कुछ नहीं। मैंने तुम दोनों की दोस्ती देखी है। तुम दोनों बहुत अच्छे दोस्त हो। तुम अंश को बहुत अच्छे से समझती हो और वह भी तुम्हें बहुत अहमियत देता है। क्यों न तुम ही मेरे लिए उससे बात करो। मेरे दिल की बात उस तक पहुँचाओ। वह तुम्हारी बात जरूर सुनेगा। मुझे यकीन है।

राधिका की बात सुनकर उसे एक पल के लिए तो ऐसा लगा, जैसे उसके पैरो तले जमीन ही खिसक गई हो। उसे ऐसा महसूस हो रहा था, जैसे उसकी दुनिया ही उजड़ गई हो।

आयुषी को इतना परेशान देखकर राधिका उससे पूछती है कि तुम ठीक तो हो? तुम इतनी परेशान क्यों लग रही हो? अचानक से क्या हुआ तुम्हें? डॉक्टर को बुलाऊँ क्या? आयुषी खुद को संभालते हुए और अपने दुःख को दिल में दबाये हुए राधिका को बोलती है।

आयुषी - (नजरे चुराते हुए) नहीं मैं ठीक हूँ। वो बस थोड़ा चक्कर आ गया था। आज मेरा व्रत है न, तो सुबह से कुछ खाया नहीं, बस इसलिए।

राधिका - तुम भी न आयु। हद करती हो तुम्हें अपना ख्याल रखना चाहिए। अच्छा रुको, मैं तुम्हारे लिए कुछ खाने को लाती हूँ। पहले तुम खाना खा लो, फिर हम बात करते हैं।

आयुषी - नहीं मैं बाद में खा लूँगी। मैं ठीक हूँ। अभी मेरा मन नहीं है।

राधिका - पक्का?

आयुषी - हाँ, पक्का। तुम जाओ अंश को अपने दिल की बात बता दो।

राधिका - नहीं आयु। तुम ही मेरी तरफ से उससे बात करो।

आयुषी - राधु, प्यार तो तुम करती हो न। तो तुम्हें ही उसे अपने प्यार के बारे में बताना चाहिए। मैं उसे भला कैसे समझा सकती हूँ कि तुम उसके लिए क्या महसूस करती हो। उससे कितना प्यार करती हो। ये काम तो सिर्फ तुम ही कर सकती हो।

राधिका - हम्म....। मुझे भी लगता हैं कि तुम सही कह रही हो। अच्छा तो मुझे कोई सुझाव दो। मैं कैसे उसे अपने दिल की बात बताऊँ।

आयुषी - तुम अंश को एक अच्छे से रेस्टोरेंट ले जाओ। वहाँ सिर्फ तुम दोनों होंगे (अकेले) और कोई नहीं होगा। तुम दोनों साथ मिलकर भोजन करना। एक-दूसरे के साथ समय बिताना और फिर सही समय आने पर उसे अपने दिल की बात बता देना।

राधू तुमने बहुत अच्छा जीवन साथी चुना है। वो तुम्हारा हमेशा ख्याल रखेगा। अंश से अच्छा लड़का और कोई हो ही नहीं सकता। वो तुम्हारी ज़िंदगी को खुशीयों से भर देगा।

अब जाओ देर मत करो।

राधिका - ओ! मेरी प्यारी आयु। तु कितनी अच्छी है। "आई लव यू, डीयर"। तेरा जीवन साथी मैं ही ढुँढूगी जो बिल्कुल तेरी तरह होगा। बहुत सारा प्यार करनेवाला।

आयुषी - (चेहरे पर झूठी मुस्कान लिए) जा अब देर मत कर । हमारे दिल की बात बताने में अगर एक बार देर हो जाए, तो फिर हमें दूसरा मौका नहीं मिलता और हमारा सब कुछ छिन्न जाता है।

राधिका - तू ऐसे क्यों बोल रही है। तू मुझसे कुछ छिपा रही है क्या?

आयुषी - नहीं कुछ नहीं! मैं बस ऐसे ही बोल रही थी। (मुस्कुराते हुए) तू जा।

राधिका - अच्छा सुन अंश मेरे कहने पर शायद न जाए। तेरा कहना बहुत मानता है। तू उसे बोलेगी मेरे साथ जाने को, तो वो जरूर जाएगा आखिर तू उसकी इतनी अच्छी दोस्त जो है।

आयुषी - (दुःखी आँखों से) हाँ ठीक है। मैं बोल देती हूँ।

आयुषी अंश के पास जाती है और उसे राधिका के साथ जाने को बोलती है।

अंश आयुषी की आँखों में दर्द देखकर उससे उसकी वजह पूछता है।

आयुषी कुछ भी बोलकर टाल देती है। पर जब आयुषी का दिल ही रो रहा है तो अंश को चैन कैसे आ सकता है। उसके दिल में कैसे आराम पड़ सकता है। वो अपने दर्द को आयुषी से छिपाते हुए एक बार फिर (अपनी दर्द भरी आवाज में) पूछता है।

अंश– आयुषी हम दोस्त है न। तुम अपनी परेशानी मुझे नहीं बताओगी? मैं जानता हूँ कि कोई तो ऐसी बात है। जो मन-ही-मन तुम्हें खाए जा रही। तुम्हारी आँखों में दर्द साफ नजर आता है। क्या मैं अब इस लायक भी नहीं रहा कि तुम्हारा दर्द बाँट सकूँ?

आयुषी– तुम ज्यादा सोच रहे हो अंश। ऐसा कुछ भी नहीं है। आज राधिका को बाहर का कुछ खाने का मन है। तो तुम उसे किसी अच्छे से रेस्टोरेंट ले जाओ। मैं बस यही कहने आई थी। उम्मीद करती हूँ, तुम मेरी बात का मान रखते हुए उसे अपने साथ ले जाओगे।

अंश– तुम नहीं चलोगी?

आयुषी– नहीं मेरे सिर में दर्द है। मैं कुछ देर माँ की गोद में जाके सोऊँगी तो मुझे अच्छा लगेगा।

अंश– रूको मैं तुम्हारे लिए दवाई लाता हूँ।

आयुषी– (निराशा से) तुम मेरी इतनी परवाह क्यों करते हो? मैं अपना ख्याल खुद रख सकती हूँ।

मेरे अलावा तुम्हारे आस-पास और भी बहुत लोग है। उन पर ध्यान दो, मुझपर नहीं।

ऐसा कहकर वो वहाँ से दुःखी होकर चली जाती है।

अंश आयुषी का उसके प्रति बेरूखा बरताव देख दुःखी हो जाता है। और समझ जाता है कि कोई तो ऐसी बात है जो अंदर-ही-अंदर उसे परेशान कर रही है। तभी वहाँ राधिका आ जाती है और वह उसे साथ जाने को बोलती है।

राधिका– अंश मैं तैयार हूँ। क्या तुम हुए?

अंश– राधिका मेरी तबियत कुछ ठीक नहीं लग रही। मैं ऑर्डर करके मंगवा लेता हूँ। ठीक है न?

राधिका– क्या हुआ अंश?

अंश– (नज़रे चुराते हुए) नहीं कुछ नहीं। बस मन थोड़ा परेशान है। अभी बाहर जाने का मूड नहीं है।

राधिका– अगर तुम्हारा मन अशांत है तो तुम्हें जरूर जाना चाहिए। तुम मेरे साथ चलो तुम्हें अच्छा लगेगा। वैसे भी तुम आयु की बात कैसे टाल सकते हो। मेरे साथ जाने के लिए उसने तुम्हें ही चुना है। क्या तुम उसकी भी बात नहीं मानोगे?

अंश राधिका की बात मान लेता है। और उसके साथ चला जाता है। वह सारे रास्ते बस आयुषी के बारे में ही सोचता रहता है।

अंश– राधिका, एक बात पूछूँ?

राधिका– हाँ पूछो।

अंश– आज आयु थोड़ी परेशान लग रही थी। तुम्हें कुछ पता है क्या, वह क्यों परेशान है?

राधिका– अरे कुछ नहीं। आज उस पगली ने सुबह से कुछ भी नहीं खाया, क्योंकि उसका कोई " सो-कॉल्ड व्रत" है। इसलिए उसे बस थोड़े चक्कर आ रहे थे। वैसे उसने मुझे कहा है कि वो खा लेगी। प्रॉमिस भी किया है। तुम चिंता मत करो वो एक बार खाना खा लेगी तो ठीक हो जाएगी।

अंश– तुमने मुझे ये पहले क्यों नहीं बताया?

राधिका– तुमने मुझसे पूछा ही कब?

अंश– मुझे लगता है हमे बापिस जाना चाहिए।

राधिका– मैं जानती हूँ। तुम दोनों बहुत अच्छे दोस्त हो। तुम्हें उसकी बहुत परवाह है। पर मैं भी उसकी कुछ लगती हूँ। मुझे भी उसकी उतनी ही चिंता है। वो ठीक है इसलिए मैं उसे ठीक बता रही हूँ। अगर उसकी

तबीयत ठीक नहीं होती, तो मैं इस वक्त तुम्हारे साथ नहीं उसके साथ होती।

एक-बार मेरी तरफ भी देखो अंश। मुझे पता है आयु तुम्हारी ज़िम्मेदारी है इसलिए तुम उसकी इतनी परवाह करते हो। मैं समझती हूँ। पर थोड़ी परवाह मेरे लिए भी रखलो। मैं भी तो तुम्हारी दोस्त हूँ न। और वैसे भी, आयु का ध्यान तुम्हारी माँ रख लेंगी। उनके कहने पर ही तो आयु ने ये व्रत किया है। अब तुम उसकी चिंता छोड़ दो और मुझे जल्द से जल्द किसी रेस्टोरेंट लेके चलो। मुझे बहुत भूख लगी है।

ये सुनकर (उदास मन से) अंश राधिका को रेस्टोरेंट ले जाता है। पर उसका दिल आयुषी का ही नाम, ले रहा होता है। उसे ही याद कर रहा होता है। क्योंकि आयुषी आज बहुत दुःखी है, अंश का भी दिल रोने लगता है। उसे भी आयुषी का दर्द महसूस होने लगता है।

राधिका अंश के साथ खुःशी से खाना खा रही होती है। पर अंश के गले से एक भी निवाला नहीं उतरता। और वह आयुषी के बारे में ही सोचता रहता है।

हमारी आयुषी भी अंदर ही अंदर घुट रही होती है। वह अंश की माँ के पास जाकर उनसे कहती है

आयुषी - (उदास होकर) माँ में थोड़ी देर आपकी गोद में सिर रखकर सो जाऊँ।

माँ- क्या हुआ बेटा? तुम ठीक तो हो। तुम्हारी आँखों में ये उदासी कैसी।

आयुषी - (गले लग कर) माँ आज मेरा मन बहुत अशांत है। ऐसा लग रहा है कि अब मेरे जीने का कोई मकशद ही नहीं बचा हो। मुझे ऐसा लग रहा है मानो मेरी ज़िंदगी मुझसे दूर जा रही हो।

माँ - आखिर हुआ क्या है? मुझे एक बार बता तो सही।

आयुषी - (दुःख भरी आवाज में) मैं नहीं जानती माँ। बस इतना पता है कि आज मेरा दिल बहुत रो रहा है इसलिए मैं आपकी गोद में सोने आई हूँ। मुझे बस थोड़ी देर अपनी गोद में सुलालो, फिर मैं चली जाउँगी। बस थोड़ी देर माँ।

माँ - हाँ-हाँ! क्यों नहीं बेटा। इसमें पूछना कैसा? तुम मुझे माँ बोलती हो न। और हर बच्चे का अपनी माँ पर पूरा हक होता है। वो उनकी गोदी में

सिर रखकर सो सकता है। आओ!

इधर आयुषी अंश की माँ की गोद में सिर रखकर सो जाती है तो उधर राधिका सही मौका देखकर अंश को अपने दिल की बात बता देती है। अंश उसे प्यार से समझाते हुए बोलता है।

अंश- राधिका तुम बहुत अच्छी हो। तुमसे दोस्ती करके मुझे बहुत अच्छा लगा। पर मैं पहले ही किसी ओर से प्यार करता हूँ। मुझे माफ कर दो। मैं तुमसे प्यार नहीं कर सकता।

राधिका- (दुःखी आवाज में) कोई बात नही अंश।

तुम मेरे साथ इतना हँसकर बात करते थे, तो मुझे लगा तुम भी मुझसे प्यार करते हो। पर कोई बात नहीं। तुम्हें तो तुम्हारा प्यार मिल गया न। मेरे लिए वही काफी है।

अंश - राधिका हम अच्छे दोस्त थे और ऐसे ही रहेंगे।

राधिका - वैसे तुम मुझे अपने प्यार से नहीं मिलाओगे?

अंश - तुम उसे अच्छे से जानती हो। वो और कोई नहीं आयुषी ही है। मैं उससे बहुत प्यार करता हूँ। मैं उसके बिना जीने का सोच भी नहीं सकता। मुझे माफ कर दो।

वो मेरे लिए मेरी ज़िंदगी है। जब वो हँसती है तो मेरा दिल खुश हो जाता है और उसे परेशान देख मेरी जान निकल जाती है।

राधिका - क्या आयु भी तुमसे इतना ही प्यार करती है? जितना तुम।

अंश - शायद हाँ।

मैंने उसकी आँखों में मेरे लिए बहुत सारा प्यार साफ देखा है। पर उसने आज तक मुझसे कुछ कहा नहीं।

राधिका - क्या वो जानती है कि तुम उससे प्यार करते हो?

अंश - नहीं मैंने भी कभी उससे अपने प्यार का इज़हार नहीं किया। तुम मेरी मदद करोगी? मैं उसे बताना चाहता हूँ कि मैं उससे कितना प्यार करता हूँ। पर उसके सामने जाते ही मैं बस उसमें खो जाता हूँ और मेरे मुँह से एक भी शब्द नहीं निकलता।

राधिका - ऐसा उसमें क्या है अंश? जो मुझमें नहीं।

अंश - तुम बहुत अच्छी हो राधिका खुद की आयुषी से तुलना मत करो।

मैं आयुषी के साथ एक अलग सा जुडाव महसूस करता हूँ। जो मैंने आज तक किसी के साथ नहीं किया। तुम मेरी अच्छी दोस्त हो। पर वो मेरी जान है। मैं उसकी आँखों में एक भी आँसू नहीं देख सकता। उसके आँसुओं को देख मेरा दिल जलता है। जब वो परेशान होती है तो मुझे उसका दर्द महसूस होता है। मुझे उसकी हर बात से प्यार है। उसका हँसना, मुझसे बात करना, मुझ पर यूँ हक जमाना। हर बात से प्यार है, जो मुझे उससे जोड़ती है।

तुम समझो राधिका। मैं बस आयुषी के लिए ही बना हूँ। उससे अलग रहकर मैं कभी खुःश नहीं रह पाऊँगा।

राधिका- (निराश होकर आँखों में आँसू लिए) मुझे लगता है अब हमें घर चलना चाहिए। वैसे भी अब यहाँ बेठने का कोई मतलब नहीं बनता।

अंश- हाँ, तुम सही कह रही हो।

आयुषी की तबीयत भी ठीक नहीं है। उसे मेरी जरूरत होगी। अब हमें चलना चाहिए।

मैं कार लेकर आता हूँ। तुम मेरा बाहर इंतजार करो।

राधिका- (निराशा और गुस्से से मन में बोलती है) अंश को कोई फर्क नहीं पड़ता कि मेरे दिल पर क्या बीत रही है। उसके दिल-दिमाग पर सिर्फ और सिर्फ आयुषी का ही भूत सवार है। उसे इस बात से भी कोई फ़र्क नहीं पड़ता कि आज उसकी बातों ने मुझे कितनी ठेस पहुँचाई है। वो तो सिर्फ आयुषी के ख्यालों में ही खोया हुआ है।

वो आयुषी से ईर्ष्या करने लगती है। उसे आयुषी पर बहुत गुस्सा आता है।

अंश और राधिका घर बापिस आ जाते हैं। अंश जाके सबसे पहले आयुषी से उसकी तबीयत के बारे में पूछता है। जवाब में आयुषी नजरे चुराके (उदास मन से) बस इतना ही कहती है कि वो ठीक है। अब उसे उसकी चिंता करने की कोई जरूरत नहीं है। वह अपना ख्याल खुद रख सकती है।

अंश को कुछ समझ नहीं आता कि वो उससे इस तरह बात क्यों कर रही है? वो सोचने लग जाता है कि आखिर उससे ऐसी कौनसी गलती हो गई है। जिसके कारण वह उससे इतना नाराज़ है।

आयुषी को अंश की माँ की गोद में सोता देख राधिका का गुस्सा और बढ जाता है। पर वह अंश के सामने कुछ नहीं कहती। और वहाँ से गुस्से में चली जाती है।

आयुषी उसे परेशान देख उसके पीछे - पीछे चली जाती है और उससे उसकी बेरुखी का करना पूछती है। तब राधिका (गुस्से से)जवाब देती है...

राधिका- तुम हो असली वजह। सिर्फ तुम। मेरे सामने कुछ और बनती हो। और मेरी पीठ पीछे कुछ और।

और कितने रूप हैं तुम्हारे। ज़रा मुझे भी तो दिखाओ। मैं भी तो देखूँ।

आयुषी - क्या हो गया है तुम्हें? तुम मुझसे इस तरह बात क्यों कर रही हो? बहन हो तुम मेरी। मैं तुम्हारा कभी बुरा नहीं सोच सकती।

राधिका- अब बस भी कर, आयुषी। मैं थक गई हूँ। तेरी इन चिकनी - चुपड़ी बातों से।

(ईर्ष्या से हँसकर आयुषी को संबोधित करते हुए) मेडम जी बोलती हैं कि वह मुझसे बहुत प्यार करती हैं। मेरी बहुत परवाह करती हैं। तो एक बात बताइये आप मुझे। अंश की माँ के पास क्या कर रही थी? क्यों गई थी उनके पास?

आयुषी- मेरे सिर में दर्द था, तो ब....।

राधिका- हम्म... तो इसलिए तुमने सोचा कि उनकी गोद में जाके सो जाऊँ। और सही समय देखकर मेरे खिलाफ उन्हें भडका दे। यही न।

आयुषी- नहीं राधू ऐसा कुछ नहीं है।मैं एसा क्यों करूँगी? मेरा विशवास कर।

राधिका- बस कर तू। तूझे और कोई बहाना नहीं मिला था। गोद में सिर रखकर कोनसे सिर का दर्द सही होता है। जरा में भी तो सुनूँ।

आयुषी- वो......

राधिका- बस भी कर आयुषी और कितना झूठ बोलेगी।

सच क्या है वो मैं बताती हूँ। तू इसलिए गई थी, ताकि उसकी माँ के सहारे तू अंश को पा ले।

आयुषी- ये तू क्या कह रही है?

राधिका- सच ही तो कह रही हूँ। तू अच्छे से जनती थी कि अंश मुझसे

प्यार नहीं करता। वो तो तुमसे करता है। तुझे चाहता है। पर कहीं न कहीं तुझे डर लगने लगा था। कि कहीं अंश, मेरा उसके प्रती सच्चा प्यार देख, मेरा हाथ न थाम ले। इसलिए तू उसकी माँ को अपने इस मासूम से चेहरे को दिखाकर अपने झाँसे में लेने गई थी। ताकि वह तुम दोनों को एक कर सकें। सही कहा न मैंने? आखिर कार तेरा असली चेहरा मेरे सामने आ ही गया।

आयुषी- ऐसा कुछ भी नहीं है राधू। तू अभी गुस्से में है। तुझे कुछ समझ नहीं आ रहा कि तू क्या बोल रही है। तू यहाँ बेठ। हम बेठकर बात करते हैं।

राधिका- अब बस भी कर। अब तू अपने इस मासूम से चेहरे को दिखाकर मुझे और पागल नहीं बना सकती। तेरी सच्चाई मैं जान चुकी हूँ। ये कोई पहली बार थोड़ी न हुआ है। तेरी तो आदत ही हो चुकी है। तू हमेश मुझसे आज तक मेरा सब कुछ छीनता ही तो आई है।

तू मुझे अपनी बहन बोलती है न। तो ये बता, तूने आज तक मेरे लिए किया ही किया है? कभी कुछ अच्छा किया है?

मैं बाती हूँ। तू आज तक मेरे साथ क्या करती आई है?

तूने पहले मुझसे मेरे माँ-पापा छीन लिए। मैं तब भी चुप रही। क्योंकि तू परेशान थी। मैं तुझसे प्यार करती थी, इसलिए मैंने खुःशी-खुःशी अपने माँ-पापा का प्यार तेरे साथ बांट लिया। पर तूने मेरे प्यार का नजायज फायदा उठाया। और मेरे माँ-पापा को मुझसे दूर कर दिया। (रोते हुए) वे मुझसे ज्यादा तूझे प्यार करते हैं। तूने मुझसे मेरे माँ-पापा छीन लिए आयु। तेरा तो इससे भी पेट नहीं भरा। तूने मुझसे मेरा इकलोता व्यापार भी छीन लिया। A.P Company। वाह! किस हक से इसका नाम A.P रखा गया है? है कोई जवाब

ये सब मेने चुपचाप सह लिया क्योंकि मुझे लगता था तू बेचारी है। तू अगर इन सब में व्यस्त रहेगी, तो तुझे अपने दुःख का एहसास नहीं होगा।

पर मैं गलत थी। तू तो वो नागिन है जो सब कुछ निगल जाती है। तूने तो अपने माँ–पापा को भी नहीं छोड़ा। वे तेरे जन्मदिन वाले दिन ही मरे थे न? और अब तेरी नज़र मुझ पर है। तू मुझसे भी मेरा सब कुछ छीन लेना

चाहती है। तूने तो अंश को भी नहीं छोड़ा। उसे भी मुझसे छीन लिया।

आयुषी– बस भी कर राधू। कितना ज़हर है तेरे मन में मेरे लिए! क्या तुझे सच में लगता है कि मैं ऐसी हूँ?

राधिका– (नजरें चुराते हुए) मैं कुछ नहीं जानती।

मुझे बस यह पता है कि तुझे आज एक फ़ैसला करना ही होगा। तुझे अंश चाहिए या ये ऐशो आराम की ज़िंदगी। अगर तू अंश को छोड़ देती है तो मैं तुझे अपने हिस्से की जायदाद भी दे दूँगी। (रोते हुए) मुझे बस अंश चाहिए। मैं तुम्हारे आगे हाथ जोड़ती हूँ। मेरे अंश को मुझसे मत छीनों।(आयुषी के सामने हाथ जोड़कर) मेरे अंश को मुझे दे दो।

आयुषी– राधू तुझे तेरा अंश जरूर मिलेगा। वो सिर्फ तेरा है । तू ये सब सोच ही क्यों रही है। मैं अंश की माँ के पास सिर्फ इसलिए गई थी क्योंकि मेरे सिर में दर्द था। और मुझे नींद नहीं आ रही थी। मुझे लगा उनकी गोद में सोऊँगी तो शायद कुछ आराम मिले। इस...

राधिका– इसलिए तुम वहाँ चली गई। तूने झूठ बोलने में PhD की है क्या?

आयुषी– मैं.. मैं...

क्या हो गया है तुम्हें?

अच्छा एक बात बताओ अंश ने क्या बोला तुम्हें?

राधिका– (ईर्ष्या से) वही जो तुम सुनना चाहती हो। की वह तुम्हें चाहता है।

(आयुषी चौंक जाती है)

राधिका– (रोते हुए) सब की तरह वह भी सिर्फ तुमसे ही प्यार करता है।(नम आँखों से देखते हुए) आयु सब तुम्हें इतना क्यों चाहते है? कोई मुझे क्यों नहीं प्यार करता? क्या मैं इतनी बुरी हूँ?

आयुषी– (राधिका को गले लगाते हुए) नहीं राधू। तुम बिल्कुल भी बुरी नहीं हो। मैं तुम्हें अच्छे से जानती हूँ। तुम गुस्से में कभी-कभी कुछ कड़वा जरूर बोल देती हो। पर तुम्हारा मन गंगा के निर्मल जल के समान साफ़ है। तुम कभी किसी का बुरा नहीं सोच सकतीं।

वो तू ही तो थी जिसने मुझे मेरे बुरे वक्त में सहारा दिया। तुमने ही तो मुझे रोता देख सबसे पहले मदद का हाथ बढ़ाया। मैं कुछ नहीं भूली

हूँ राधू। तुम मेरे लिए मेरी बहन ही हो। कभी-कभी ज़िंदगी हमारे साथ खेल खेलती है। पर हमें हिम्मत नहीं हारनी चाहिए और उसका डट कर सामना करना चाहिए। मैं कभी भी तुमसे तुम्हारा कुछ नहीं छीन्ना चाहती। तुम जब चाहो अपना व्यापार खुद संभाल सकती हो। मैं तो बस तब तक ही संभाल रही हूँ, जब तक तुम खुद को इसके लिए तैयार नहीं कर लेती।

मेरा विश्वास करो राधू। मुझे कुछ नहीं चाहिए। मुझे बस तुम सब का प्यार चाहिए। मेरी बहन चाहिए। मेरी राधू चाहिए।

राधिका– मुझे माफ करदे आयु। पता नहीं गुस्से में मैं क्या-क्या बोल गई? मुझे ऐसा नहीं बोलना चाहिए था। पर मैं भी क्या करती? जब अंश ने मेरे प्यार के लिए इंकार किया तो मुझे अच्छा नहीं लगा। और जब मैंने तुम्हारा नाम सुना तो मेरा खुद पर काबू नहीं रहा। और फिर तुम्हें अंश की मां के साथ देखकर मुझे लगा तुम उन्हें मेरे खिलाफ कर रही हो। पता नहीं ये सब मैंने कैसे सोच लिया।

मुझे माफ करदे।

आयुषी– तू मुझसे माँफ़ी क्यों माँग रही है? तेरा मुझपर पूरा हक है। तेरे दिल में जो आएगा, तू मुझसे कह सकती है। आखिर में तेरी दोस्त हूँ। तू मुझे नहीं बोलेगी तो किसे बोलेगी।

राधिका– (गले लग जाती है) आयु एक बात बोलूँ। मैं अंश के बिना जी नहीं सकती। नहीं जानती तू उसके लिए क्या महसूस करती है। पर मैं सच में उसके बिना जी नहीं सकती।

आयुषी– (दुःखी मन से) तू चिंता मत कर। मैं अंश से तेरे लिए बात करूँगी। अब तू आराम से सोजा। अंश तेरा ही होगा। मैं उसकी ज़िंदगी से बहुत दूर चली जाऊँगी। तू चिंता मत कर।

आयुषी और अंश दोनों को नींद नहीं आती। दोनों एक-दूसरे के बारे में ही सोचते रहते हैं।

आयुषी मन ही मन बहुत दुःखी होती है। वो सोचती है कि वह कैसे अंश से दूर जा सकती है। जिसके लिए वह पुनर्जन्म लेके आई है। उसे कैसे अपने से दूर कर सकती है | ये सब उससे नहीं होगा। पर वो राधिका को तड़पते हुए भी नहीं देख सकती थी। उसे पूरी रात नींद नहीं आती। वो दूसरे दिन

सुबह-सुबह ही बगीचे में पहुँच जाती है। अपने हाथों में एक गुलाब लेके उसको देखने लगती है। उससे सवाल करती है। अब बता मैं क्या करूँ।

(14 जनवरी, 2016)

(नम आँखों से देखती हुई) ये थी मेरी अब तक की कहानी। अब आप ही बताओ मैं क्या करूँ। न तो मैं अंश को छोड़ सकती हूँ न ही राधिका को। दोनों ने ही मेरी ज़िंदगी में बहुत से रंग भरे हैं। और अब किसी एक को भी खोने की मुझमें हिम्मत नहीं बची। मैं किसी एक को भी खोकर अपनी ज़िंदगी को पुनः बेरंग नहीं कर सकती।

उस दिन आयुषी की अवस्था देखकर मुझे उस पर तरस आ रहा था। बेचारी न तो रो सकती थी और न ही हँस सकती थी। इतने दुःख में भी उसकी आँखों से एक भी आँसू नहीं झलका। वह अंदर ही अंदर घुट रही थी। उसका दिल रो रहा था। बहुत तूफान उठ रहा था, उसके दिल में। लेकिन उसने फिर भी अपनी आँखों को नम नहीं होने दिया क्योंकि वो जानती थी कि उसका एक भी आँसू धरती पर गिरा। तो उसकी पीड़ा अंश को सहनी पड़ेगी और वो कभी अंश को दर्द देना नहीं चाहेगी।

लेकिन वो बेचारी ये भूल गई थी कि उसे सिर्फ अपने आँसुओं पर काबू नहीं करना बल्कि खुद को खुःश भी रखना है। क्योंकि अगर उसका दिल रोया, तो उसकी भी तड़प अंश सहेगा। उस दिन अपने दिल पर पत्थर रखकर, उसने एक फैसला किया। जो उसका अंदर ही अंदर दम घोट रहा था।

आयुषी को इतनी सुबह-सुबह अकेला बैठा देख अंश उसके पास जाता है और उससे पूछता है।

अंश - क्या हुआ आयु? आज इतनी सुबह-सुबह आ गई।

आयुषी - (खोयी खोयी सी बोलती है) क्यों? मैं यहाँ नहीं बैठ सकती क्या?

अंश - नहीं ऐसा नहीं है। मैंने तुम्हें इतनी सुबह ऐसे कभी अकेले बैठे नहीं देखा इसलिए जिज्ञासा पूर्वक पूँछा। तुम ठीक तो हो न?

आयुषी - पहले कभी ऐसी परिस्थिति भी तो नहीं आई थी।

अंश - क्या हुआ आयु? तुम मुझे कल से बहुत परेशान लग रही हो। मुझे नहीं बताओगी? मैं तुम्हारा दोस्त हूँ कम से कम मुझे तो बताओ। मुझे पता है कोई तो ऐसी बात है जो तुम्हें अंदर ही अंदर खाए जा रही है।

तुम्हारी आँखों में दर्द साफ - साफ नज़र आ रहा है।

आयुषी - (हँसते हुए) तुम्हें मेरी आँखों में दर्द नज़र आ रहा है लेकिन उसके पीछे की वजह नज़र नहीं आ रही। मैं सब जानती हूँ अंश राधिका ने मुझे सब बता दिया। तुम मुझसे प्यार करते हो न।

अंश - हाँ आयु। ये सच है

आयुषी - (अपने दुःख को दबाकर गुस्से से) लेकिन मैंने तुमसे कब कहा कि मुझे तुमसे प्यार है? क्या मैंने कभी कहा? बताओ? अपने मन से कोई भी कहानी रच ली और मेरी बहन को इतनी तकलीफ देकर अकेला छोड़ दिया।

अंश - ऐसा नहीं है आयु। मैंने तुम्हारी आँखों में प्यार साफ - साफ देखा है मुझे परेशान देख तुम्हें भी दुःखी देखा है। मैं गलत नहीं हो सकता वो प्यार ही था।

अच्छा ये सब छोड़ो मुझे ये बताओ?

कल तुमने मेरे लिए व्रत क्यों रखा। अगर तुम्हें मुझसे प्यार ही नहीं तो क्यों कर रही हो मेरी इतनी परवाह? किस हक से तुमने मेरे लिए व्रत रखा।

आयुषी - तुम एक बार फिर से गलतफहमी का शिकार हो गए हो अंश। हाँ, तुमने सही कहा मैंने व्रत तुम्हारी सेहत के लिए ही रखा था। ताकि तुम जल्द ही ठीक हो जाओ। पर इसलिए नहीं क्योंकि मैं तुमसे प्यार करती हूँ। वो इसलिए क्योंकि ये व्रत माँ रखने वाली थी तुम्हारी सलामती के लिए। पर कल माँ की तबीयत ठीक नहीं थी और उन्हें ये व्रत पूरा करना ही था किसी भी हालत में।

इसलिए मैंने ही उनसे कहा था कि मैं ये व्रत रख लेती हूँ, क्योंकि तुमने मेरे लिए बहुत कुछ किया है और मैं बस उसका कर्ज चुकाना चाहती थी और कुछ नहीं।

अंश - (दुःखी मन से) क्या तुम सच में मुझसे प्यार नहीं करती? तुम जो मेरे लिए इतना सब कुछ करती हो, वो सब क्या है?

आयुषी - अंश वो सब मेरी दोस्ती है। तुम इस दोस्ती का कुछ और मतलब मत निकालो। मैं राधिका और तुम्हें, दोनों को हमेशा खुःश देखना चाहती हूँ। मैं कभी नहीं चाहूँगी कि मेरी वजह से तुम दोनों की

ज़िंदगी में कोई तूफान आए। वो तुमसे बहुत प्यार करती है। उसका हाथ थाम लो अंश वो तुम्हें बहुत प्यार देगी तुम्हारा हमेशा ख्याल रखेगी। मुझे उस पर पूरा विश्वास है तुम दोनों एक दूसरे के लिए ही बने हो।

अंश - आयुषी ईधर मेरी आँखों में देखो इनमें सिर्फ तुम्हारे लिए ही प्यार है। मैं जिससे प्यार करता ही नहीं उसका हाथ कैसे थाम सकता हूँ? मैं तो सिर्फ और सिर्फ तुमसे प्यार करता हूँ।

आयुषी - (दुःखी होकर) पर मैं नहीं करती अंश मैं तुम्हारे प्यार के बदले तुम्हें प्यार नहीं दे सकती।

अंश - तुम चाहे कितना भी झूठ बोल लो पर तुम्हारी आँखें सच बता ही देती है। अगर तुम मुझसे प्यार नहीं करती तो तुम्हारी आँखों में ये दर्द कैसा। ये दर्द बिल्कुल मेरे दर्द जैसा क्यों दिख रहा है मुझे।

आयुषी - ये दर्द शर्मिंदगी का है। ये दर्द इसलिए है क्योंकि मुझे लग रहा है, कि मैं तुम दोनों के बीच में आ रही हूँ। मेरी वजह से तुम दोनों एक नहीं हो पा रहे हो मैं खुद को माफ नहीं कर पा रही हूँ।

अंश - तुम समझती क्यों नहीं आयु? ऐसा कुछ भी नहीं है। मेरा दिल सिर्फ तुम्हारे लिए धड़कता है और ये बात मैं राधिका को बता चुका हूँ। मैं उसे बता चुका हूँ कि मैं उसका कभी नहीं हो सकता।

आयुषी - (प्यार से देखती हुई) अगर मैं मर जाऊँ, तब तो हो सकते हो?

अंश - तुम पागल हो गई हो क्या? कैसी बातें कर रही हो?

आयुषी - जैसी तुम मुझसे करवाना चाह रहे हो।

अंश मैं राधिका की खुशियों की चिता जलाकर तुम्हारे साथ 7 फेरे नहीं ले सकती। मैं इस बोझ के साथ कभी नहीं जी पाऊँगी।

कल तो सिर्फ राधिका ने मुझसे ये बात कही कि मैंने उससे उसका सब कुछ छीन लिया कल को पूरी दुनिया कहेगी। मैं इस तरह नहीं जी पाऊँगी अंश।

वैसे भी उसने कुछ गलत भी तो नहीं कहा उसने मेरे साथ अपने माँ–पापा का प्यार बाँटा है। मुझे अपना कारोबार तक सौंप दिया। मेरी खुःशी के लिए उसने वह सब किया जो उसे ठीक लगा। मेरे हर सुख–दुःख में वह मेरे साथ खड़ी रही। उसने मेरा हाथ कभी नहीं छोड़ा। आज जब मेरी बारी है, तो तुम चाहते हो कि मैं पीछे हट जाऊँ। कैसे अंश? कैसे?

अंश– हम राधिका को समझाएँगे। वह जरूर समझ जाएगी। मुझे पूरा भरोसा है।

आयुषी– वह सिर्फ तुमसे प्यार करती है अंश। उसे सिर्फ तुम्हारी चाहत है। और उसे कुछ नहीं चाहिए। तुम उसका हाथ क्यों नहीं थाम लेते?

अंश– तुम समझती क्यों नहीं? तुम्हारे इस फैसले से 3 ज़िंदगियाँ दाव पर लग जाएँगी। हम तीनों में से कोई भी खुःश नहीं रह पाएगा।

आयुषी– तुम गलत हो अंश। तुम्हारा साथ पाकर राधिका बहुत खुःश हो जाएगी। वह तुम्हें इतना प्यार देगी कि तुम मुझे भी भूल जाओगे। मुझे उसपर पूरा यकीन हैं।

अंश– और तुम्हारा क्या?

आयुषी– मेरा क्या?

अंश– क्या तुम खुःश रह पाओगी? क्योंकि तुम कितनी भी बार मना क्यों न कर लो। पर तुम्हारी आँखों में प्यार साफ नजर आता है। क्या तुम मेरे बिना रह पाओगी?

आयुषी– (नज़रे चुराते हुए) आज तक तुम्हारे बिना ही तो रही हूँ। आगे भी रह लूँगी।

(आँसुओं को रोकते हुए) मैं माँ–पापा से तुम दोनों के रिश्ते की बात कर लेती हूँ। तुम भी राधिका को बता दो कि तुम शादी के लिए तैयार हो।

अंश– तुम तो फैसला कर चुकी हो न तो तुम ही क्यों नहीं बता देती।

(आज तक अंश को आयुषी के आँसुओं ने भी इतना दर्द नहीं दिया, जितना आज उसकी बातों ने दिया है। उसके सीने में दर्द उठने लगा। वह अपने दिल पर हाथ रखकर वहीं रखी कुर्सी पर बैठ गया। उसकी ऐसी हालत देख आयुषी उससे पूछती है।)

आयुषी–अंश क्या हुआ तुम्हें? तुम ठीक तो हो? रूको, मैं माँ को बुलाती हूँ।(अंश उसे रोकते हुए उसका हाथ पकड़कर निराशा और गुस्से सेबोलता है।)

अंश– अब तुम्हें मेरी इतनी परवाह क्यों हो रही है? मैं जीयूँ या मरूँ? तुम्हें कोई फर्क नहीं पड़ना चाहिए। तुम मुझे ऐसे देख क्यों तड़प रही हो? ये दर्द तुम्हें ही तो दिया है मुझे। प्यार नहीं तो इस दर्द के सहारे ही जीवन काट लुँगा।

मैं ठीक हूँ। माँ से कुछ कहने की जरूरत नहीं है। तुम वो करो जिससे तुम्हें खुःशी मिल रही है। मैं तुम्हारी खुःशी में ही खुःश रह लूँगा।

अंश की ऐसी बातें सुनकर आयुषी दुःखी होकर वहाँ से अपने कमरे में चली जाती है और अपने माँ–पापा की तस्वीर को सीने से लगाकर कुछ देर वहीं बैठ जाती हैं।

फिर खुद को संभालते हुए, आयुषी अपने और अंश, दोनों के पापा से राधिका और अंश की शादी की बात करती है और 14 फरवरी को शादी का महूर्त तय हो जाता है।

ये सुनकर हमारे आयांश का दिल घायल हो जाता है। दोनों न तो रो पाते हैं और न ही हँस पाते हैं। पर उनकी आँखों में दर्द साफ नजर आता है। दोनों ही एक ज़िंदा लाश की तरह जीने लगते है। अंश ने एक बार फिर उसे समझाने की भी कोशिश की।पर आयुषी ने एक न सुनी।

आयुषी खुद को ज़्यादा से ज़्यादा व्यस्त रखने लगी। जिससे वह अंश को भुला पाए। पर जो हमारे दिल में रहता है उसे भले ही हम दिमाग से निकाल दें पर दिल से कभी नहीं निकाल सकते।

(11 फरवरी, 2016)

जब राधिका की शादी की रस्में शुरू हुई। तब आयुषी से देखा नहीं जा रहा था। उसका दर्द बढ़ता ही जा रहा था। वह अपने कमरे में जाकर माँ–पापा की तस्वीर से अपना दुःख बाँटने लगी। आज वह पुनः अकेली हो गई थी।कोई नहीं था उसके पास जो उसकी तकलीफ कम कर सके।

वो तस्वीर को देखकर बोलती है(दुःखी आवाज में) माँ–पापा , क्या मैं कुछ गलत कर रही हूँ? मैं जानती हूँ, मैं अंश के बिना नहीं रह पाऊँगी। वो तो मेरी आँतमा है माँ-पापा। अगर शरीर में आँतमा ही नहीं रहे तो शरीर किस काम का। वह तो एकमात्र ढाँचा बनकर रह जाता है। इसलिए अब मैं इस शरीर को आपके पास आना चाहती हूँ। बहुत जी लिया मैंने आप दोनों के बिना। अब और हिम्मत नहीं क्योंकि जिसनें मुझे जीने की हिम्मत दी थी, अब वह मेरे साथ नहीं है। मैंने उसे अपने से दूर कर दिया। मुझे पता है आप मुझे माफ नहीं करेंगे क्योंकि जो इंसान मेरे लिए हर वक्त खड़ा रहा, आज मैंने उसे अकेला छोड़ दिया। उसे अपना साथ नहीं दिया।

पर आप चिंता मत कीजिए माँ-पापा।(दिल को दिलासा देते हुए) अंश राधिका के साथ बहुत खुःश रहेगा। आप देख लेना राधिका उसे हमेशा खुःश रखेगी। उसके जीवन में कभी कोई दुःख नहीं आने देगी।

वह तस्वीर को अपने सीने से लगाए खिड़की के पास जा बैठी जहाँ से वह उस सुंदर बगीचे को देखने लगी। उन फूलों को देखने लगी, जो उसे हमेशा सुकून दिया करते थे।

तभी आयुषी को आस-पास न पाकर। अंश और राधिका के माँ–पापा उसे ढूँढ़ने उसके कमरे में चले जाते हैं। वहाँ उसे उदास देख वे उसके पास जाकर बैठते हैं। और उसकी उदासी की वजह जानने की कोशिश करते हैं।

पर वह ये कहकर बात टाल देती है कि उसे माँ–पापा की याद आ रही थी, इसलिए वह यहाँ आकर उनकी तस्वीर देखने लगी। उसकी बात सुनकर अंश के माँ–पापा उसे बोलते हैं।

अंश के माँ–पापा - तुम हमें उनके बारे कुछ नहीं बताओगी? हमें नहीं दिखाओगी कि वे कैसे दिखते हैं। हम भी तो देखें इतनी प्यारी बच्ची को जन्म देने वाला कौन है।

आयुषी– क्यों नहीं? (तस्वीर दिखाते हुए) ये देखिए।

अंश के माँ–पापा – (हैरानी से) ये तुम्हारे माँ-पापा हैं?

आयुषी– हाँ! पर आप दोनों इस तरह हैरान क्यों हो रहे हो? क्या आप मेरे माँ–पापा को जानते हैं?

अंश के माँ–पापा – तो क्या तुम्हारी ही जान बचाने के लिए मैंने अपने बेटे का दिल तुम्हें दिया था।

आयुषी– (नज़रे झुकाकर) वो.....

राधिका के पापा– जवाब दो बेटा?

आयुषी– (नज़रे चुराकर) हाँ मैं ही वो बदनसीब लड़की हूँ। जिसकी वजह से आज तक अंश तड़पता आया है।

मुझे अगर ये पता होता कि आप मेरे माँ–पापा को जानते थे। तो मैं कभी आपको उनकी तस्वीर न दिखती।

(सांत्वना देते हुए) पर माँ आप चिंता मत कीजिए। अब तक अंश ने जो सहा सो सहा। पर अब वह मेरी वजह से कभी दुःखी नहीं होगा। मेरी

आँखों का एक भी आँसू उसके दिल पर घाव नहीं कर पाएगा। मैं इन्हें कभी अपनी आँखों से निकलने ही नहीं दूँगी। अब वो मेरे कारण और पीड़ा बर्दाश्त नहीं करेगा।

राधिका उसके जीवन को खुशियों से भर देगी। मेरा यकीन कीजिए। उससे अच्छा जीवन साथी अंश के लिए और कोई हो ही नहीं सकता।

(राधिका ये सब सुन रही होती है। वह वहाँ आकर दुःखी होकर बोलती है)

राधिका- माँ सच ही तो कह रही है आयुषी। ये खुद तो अन्दर से घुटती रहेगी। पर अपनी आँखों में एक भी आँसू नहीं आने देगी। मेरी आयु जबान की पक्की है। वो अपने दर्द का एहसास किसी को नहीं होने देगी। खुद कितनी भी तड़पती रहे। पर अंश को तड़पने नहीं देगी।

लेकिन माँ इससे एक बात तो पूछो। कि ये मेरी खुःशी के लिए अंश की खुशियों का गला क्यों घोट रही है। ये अच्छे से जनता है कि अंश इससे कितना प्यार करता है। लेकिन फिर भी ये उसे अंदेखा क्यों कर रही है। क्या इसके इस कदम से अंश को दुःख नहीं हो रहा। क्या इसके दुःखी होने पर अंश का दिल नहीं रो राहा। ये तो अपने दुःख को दिल में दबाए मेरी खुशियों में खुःश होने का नाटक कर रही है। पर अंश तो वो भी नहीं कर पा रहा। इस समय उसके दिल पर क्या बीत रही होगी इससे ज्यादा और किसे पता होगा।

पर फिर भी ये चुप क्यों खड़ी है माँ?

पूछिए इससे।

क्या तुम भूल गईं आयुषी? सिर्फ तुम्हारे आँसू उसे तकलीफ नहीं देते। तुम्हारे दुःख को भी वो अच्छे से महसूस कर सकता है। तुम आज कितने दर्द में हो इसका अंदाज़ा अंश की हलत देखकर लगाया जा सकता है।

आयुषी, वो भी तड़प रहा है। मुझे अंश चाहिए। जब उसकी आत्मा तुममें बसती है, उसका दिल तुम्हारे लिए धड़कता है, तो उसके बेजान शरीर का मैं क्या करूँगी।

मैंने उस दिन बगीचे में भी तुम दोनों की बातें सुन ली थी। उस दिन भी तुममें बस मेरा ही ख्याल था। और आज भी। तुम मुझसे इतना प्यार कैसे कर सकती हो कि मेरे बस एक बार माँगने पर तुमने अपनी जान मुझे

सौंप दी। आखिर कैसे आयुषी। क्या तुम जी पाओगी अंश के बिना? नहीं न। तो क्यों कुछ नहीं बोलती। क्यों सिर्फ मेरी खुःशी के लिए तुम अपनी और अंश की खुशियों का गला दबा रही हो।

(शरमिंदा होकर)मैं कुछ पल के लिए स्वार्थी हो गई थी। मुझे लगा था तुम्हारी बात मानकर अंश मुझे अपना लेगा। मैं भी तुम्हारी तरह इसी गलत फैमी में जी रही थी कि मैं उसे इतना प्यार दूँगी।जिससे वह तुम्हें भूल जाएगा। पर मैं गलत थी।

तुम्हें पता है आयुषी जो लोग दिल से जुड़े होते हैं, वे कभी एक-दूसरे को भुला नहीं पाते। उन्हें कोई अलग नहीं कर सकता।

बस अब बहुत हुआ। अब मैं और स्वार्थी नहीं हो सकती। मुझे समझ आ गया। तुम कभी मेरे और अंश के बीच नहीं आईं। मैं तुम दोनों के बीच आई हूँ। तुम दोनों का रिश्ता तो जन्मों-जन्मों का है। तुम दोनों एक - दूजे के लिए ही बने हो। एक - दूसरे के साथ ही जियोगे और एक - दूसरे के साथ ही मर जाओगे। तुम्हें कोई अलग नहीं कर सकता। कोई नहीं।

इतना कहकर राधिका ने आयुषी को गले से लगा लिया। और बोला, "पगली कब तक दूसरों की खुशियों में अपनी खुःशी ढूँढेगी। कभी तो खुद के लिए भी जी ले"

चल अब जल्दी से तैयार हो जा। तेरा अंश तेरी राह ताँक रहा है। उसकी नजरे बस तुझे ही ढूँढ रही है। तुझे जितना तंग करना था तू कर चुकी। अब बस कर। चल अब जल्दी से तैयार होकर, उसे अपना चाँद सा मुखड़ा दीखा दे। जिसे देख उसके बेजान शरीर में प्राण लौट आएँ। अब उसके साथ सादी जैसे पवित्र बंधन में बंधन में बंधकर उसे हमेशा के लिए अपना बना ले। उसके साथ जीने-मरने की कसमें खाले।

इस तरह आखिर कार 14 फरवरी को आयुषी और अंश एक हो गए। उनकी सादी हो गई और वे खुःशी-खुःशी रहने लगे।

आज भी आयुषी को कभी तकलीफ होती है तो उसका दर्द अंश महसूस कर लेता है और उसके दुःख का भी साथी बन जाता है। वे एक - दूसरे के साथ रहकर एक - दूसरे को संभाल लेते हैं। और कभी एक-दूसरे का हाथ नहीं छोडते।

ये थी हमारे अयांश की कहानी। तुमने देखा न कैसे वे एक- दूसरे से जुड़े हैं। सिर्फ वो ही नहीं। हर प्यार करने वाला एक - दूसरे से कुछ इस तरह ही जुड़ा होता है। क्या तुम अपने माँ- पापा को भूल गए। वे भी तो हमसे बहुत प्यार करते हैं। हम कुछ भी न बोलें पर वे सब समझ जाते हैं। माँ- पापा का प्यार एक अनमोल रत्न है जो हमें बिना कुछ किए जन्म से मिल जाता है। उनके प्यार से सच्चा पूरे जहाँन में कोई और प्यार नहीं है।

हमारी आयुषी ने बच्चपन में ही अपना ये अनमोल प्यार खो दिया था। इसलिए वह अपने उस साथी का इंतजार करने लगी, जिसके बारे में उसके पापा कहते थे। ऐसा हमसफर जो उसे समझ सके और उसके माँ- पापा जैसा प्यार कर सके। मतलब सच्चा प्यार।

और देखो उसे वो प्यार मिला भी। इसलिए ही तो बोलते हैं कि जोड़ियाँ भगवान बनाते हैं। याही तो वजाह है कि वे दोनों दूर रहकर भी एक - दूसरे के दर्द को महसूस कर सकते थे।

इसे ही तो सच्चा प्यार कहते हैं।

प्यार में कोई धोखा नहीं होता। अगर होता है तो वह प्यार नहीं होता।

लक्ष्मी शर्मा
